LES DIEUX SONT VACHES

www.editions-jclattes.fr

Gwendoline Hamon

LES DIEUX SONT VACHES

JC Lattès

Maquette de couverture : Bleu T.
Photo : DR

ISBN : 978-2-7096-4621-5

Première édition mars 2014.

À toi, maman…
À Julie, Gabriel et Mia.

« En vouloir à sa mère n'est qu'une façon négative de s'accrocher à elle, toujours. »

Nancy Friday

« Ma mère, ma tendre mère, c'est dans votre sein que je viens épancher la plus grande peine que j'aie éprouvée et que j'éprouverai peut-être de ma vie. Vous seule pourrez m'en consoler. Le jour qui pour nous devait être si beau s'enfuit devant nous. Ô maman, ma bonne maman, qu'allez-vous dire ? Pourquoi donc, direz-vous, m'avoir bercée de si douces espérances pour me les ravir ? »

Ernest Renan

« C'est la différence qui suscite le désir et l'amour, qui crée une œuvre d'art et qui donne un sens à la brève existence humaine. Je n'ai jamais rien voulu d'autre. »

André Gide

Préface

Ce récit ne pouvait pas rester rangé dans un dossier, lui-même posé sur une étagère dans un placard.

Il est sorti abruptement, avec une volonté d'expier une culpabilité enracinée au plus profond de moi et de me délivrer d'une douleur. Je n'ai pas été violée, ni même battue, je ne suis pas née dans un pays en guerre et n'ai aucun handicap à part peut-être celui de me sentir toujours en faute. Je ne sais pas si je suis responsable de mon histoire familiale, mais j'en porte le poids. J'ai eu envie de comprendre pour ne pas reproduire un schéma.

Ce besoin viscéral de cracher cette trajectoire me hantait depuis quatre ans.

Je le livre sans pudeur, sans peur. Comme une petite délivrance qui fera son chemin.

— Tu es au courant pour la mère de Zélie ? Elle est morte !

Je suis rentrée un lundi de New York, le cerveau limbique rempli d'amis aimants, de hot-dogs et de buildings scintillants. Le lundi, c'est le jour de l'agonie. Celui que personne n'aime, le jour triste. Le jour où il faut remettre sa machine en marche, faire le plein de bouffe et se farcir les mauvais coups de fil. C'est le jour des factures qu'on avait négligemment laissées traîner sur un meuble la veille du week-end, le jour des mauvaises nouvelles, des résolutions de sport à gogo, des régimes drastiques ou des grandes décisions qu'on respecte à moitié. Le lundi ne sert qu'à atteindre le fameux mardi qui, lui, soulage. Ce lundi-là, le 17 novembre 2008, deux proches amies de maman, Paola et Lisbeth, m'ont téléphoné. Elles s'étaient donné le mot sans se consulter. Elles l'avaient vue ; elles étaient inquiètes. Maman leur avait paru très fatiguée.

Papa, à qui j'avais bien sûr demandé de passer la voir avec mon fils pour éviter un drame international pendant mon absence américaine, m'a raconté qu'elle était restée allongée toute l'après-midi et s'était endormie pendant leur discussion. Sur le moment, je n'ai pas considéré sérieusement les inquiétudes des amies de ma mère. J'ai attendu de digérer ces informations le mardi, et j'ai décidé de bouger le lendemain.

Le mercredi 19 novembre, à 12 h 30, je prends le 39 devant la Comédie-Française. Je pars chez ma mère, sans la prévenir. Je sonne à l'interphone : pas de réponse. Shemac, le gardien, s'apprête à m'ouvrir lorsque j'entends une petite voix méfiante.

— Qui est là ?

— Qui est là ! C'est le loup, idiote ! C'est moi, maman, ouvre.

— Qui ça, moi ?

— Oh, maman, arrête ! Zélie. C'est ta fille.

Ce qu'elle pouvait m'énerver à ne jamais être une mère comme les autres ! Je ne lui demandais pas d'être exemplaire. Juste standardisée. Une maman de base.

— Ah, non, je ne t'ouvre pas. On ne vient pas chez les gens sans prévenir. Je suis fatiguée. Reviens demain.

Et c'était parti pour un tour de manège pourri, celui où on n'attrape jamais la queue du Mickey… Ma mère a toujours aimé appuyer sur les boutons purulents. Il fallait que notre relation souffre pour mériter d'exister.

— Mais maman, t'es devenue dingue ou quoi ! Ouvre-moi, je ne t'ai pas vue depuis deux mois, je viens t'embrasser.

— Bon, tu montes dix minutes alors…

Je me souviens que mes larmes, elles, sont montées très vite, plus vite que cet ascenseur qui, lui, montait vers ma peur. Ma peur de coupable, d'accusée, d'enfant qui a encore fauté. J'ai respiré profondément, avec le ventre, comme me l'avait appris mon ancienne psy, la très belle Madame C, en séance comportementale et j'ai poussé la porte d'entrée.

Elle ne m'a pas accueillie.

Dans le salon, près de la cheminée, trônait son lit, qui avait remplacé le canapé en velours marron glacé.

— Pourquoi as-tu déplacé ton lit dans le salon ?

— Ah, tu ne commences pas ! Parce que je suis chez moi et que je fais ce que je veux, ça te va comme réponse ?

Je croise son regard noir et fermé. Ce regard qui est contre et qui m'a toujours effrayée. Puis elle me singe méchamment, habitude qu'elle a prise lorsqu'elle est de mauvais poil, lorsqu'elle se sent menacée. Elle m'attribue une voix douce et dégoulinante, une voix de débile :

— Bonjour ma petite maman chérie que j'aime tant. Tu vas bien ? Je suis tellement heureuse de te voir. Je t'ai rapporté plein de cadeaux de New York. Qu'est-ce qui te ferait plaisir aujourd'hui ?

Je fais semblant de ne pas avoir entendu.

— En fait, tu n'as plus de salon, maman !

Je me penche vers elle. Elle ne me serre pas dans ses bras, se laisse vaguement étreindre sans poser sa bouche sur mes joues. J'entends juste cet éternel bruit qui claque. Un bruit qui fait semblant d'embrasser, un bruit de bouche détaché.

C'était grave. Je l'ai ressenti dans ma chair. Maman avait changé d'odeur, changé de corps, changé de tronche. Elle était allongée à cinquante-huit ans comme une momie, maigre comme un petit oiseau sans plumes. Elle avait l'air d'avoir vingt ans de plus. Seuls ses yeux verts, vertigineux, étaient intacts. Les plus jolis du monde, comme une preuve que c'était bien elle.

— Mais qu'est-ce que tu fais dans ton lit, maman ? Il est 13 heures !

— Oh, j'ai été jugée toute ma vie, alors je ne réponds plus aux questions qui m'emmerdent. J'ai des problèmes de vertèbres, L3-L4. Tu sais que j'ai le dos en miette depuis le temps, ou alors tu n'écoutes pas !

— Mais si tu as mal au point d'être couchée, il faut peut-être que tu voies un médecin. Tu veux que j'appelle mon ostéo ? Qu'est-ce que tu as à la bouche ? Elle est toute fendillée.

— Ah, non je ne veux pas de médecins qui font crever. Ils ont tué papa et maman. Moi, ils ne m'auront pas ! Si tu es venue pour me gonfler avec tes docteurs, tu repars tout de suite.

Je suis coupée en deux, paralysée. Maman m'agresse, ce qui ne m'étonne pas plus que cela, mais l'atmosphère me semble étrangère ; quelque chose a changé. Je pressens le pire, mais rejette immédiatement mon inquiétude. Je veux être positive. Je suis une positive, une positive angoissée, mais une positive.

La puissance d'autopersuasion qui a toujours animé ma mère me fascine. Elle décide fermement de ce qui est bon ou pas pour elle et pour les autres.

Je cherche les mots apaisants et je contourne sa panique de la médecine traditionnelle.

— Tu dois avoir soif, tes lèvres sont toutes sèches.

— Oui, je ne sais pas ce que j'ai. Regarde, c'est comme si ma bouche était déshydratée. Ça me brûle quand j'avale.

— Je descends à la pharmacie t'acheter de l'Homéoplasmine.

Ma tête fourmille d'images angoissantes, mouline de questions dramatiques, mais je suis dans l'action, je ne veux pas chercher à comprendre. Je reviens avec la crème ; je lui en badigeonne la bouche. Elle gémit de soulagement. Je suis contente, ça lui fait du bien. Je lui fais du bien.

De toute façon, j'ai toujours été la mère de ma mère.

C'est grâce à elle que j'ai appris à m'occuper des grands, à les protéger, à mentir pour leur faire du bien. Le mensonge altruiste, c'est mon quotidien. Je me suis construite avec le vertige qu'ils soient malheureux, les grands ! Je suis devenue malgré moi « adulto-psychiatre » ! Spécialiste en famille. Je les soulage. C'est mon karma, mon chemin, mon destin, cela me rassure même ! Au moins, je sais à quoi je sers, et puis je me raconte que je suis quelqu'un de bien ; et c'est toujours mieux qu'un coup de pied au cul par les temps qui courent.

Quand j'étais jeune femme, un jour de plus où maman allait mal, elle m'avait dit qu'à mon âge, elle n'était pas aussi belle que moi ; que j'avais de la chance d'avoir un homme qui m'aimait et me protégeait ; qu'elle, on lui avait interdit de faire le métier dont elle rêvait (comédienne ! elle n'a jamais osé me le dire), qu'elle, à mon âge, ne vivait que dans l'inquiétude que sa mère meure.

— Tu ne sais pas ce que c'est d'avoir peur du matin au soir, toi ! De cauchemarder que si tu ne la surveilles pas, ta maman, si tu ne la préserves pas de ses démons, elle va mourir, un peu à cause de toi…

Oh si, maman, je sais. J'ai peur pour toi depuis que je suis toute petite moi aussi. Depuis que tu as quitté papa, le laissant seul en Afrique avec son titre honorifique de conseiller du Premier ministre chargé des transports et de l'urbanisme, et son salaire pourri en francs CFA. Julia et moi sous le bras, obsédée par ta quête d'absolu. Je ne te l'ai jamais dit, mais tu m'as offert tes angoisses sur un plateau, tu me les as léguées. Tu ne l'as pas voulu, c'est certain, mais tu as fait de ta petite fille une anxieuse, une paniqueuse, une fragile, une grande petite ; une fille qui essaye d'avancer en regardant le ciel, mais qui est attachée, chaîne au pied, à un devoir : celui d'écouter, de comprendre, de rassurer, de consoler, de surmonter, de gratter, de masser, de prendre parti, de subir. De payer un sale truc qui ne date pas de mon temps. « Pute borgne ! » (Expression employée comme injure, à prononcer avec l'accent méridional.)

J'ai trente-huit ans, des pattes-d'oie naissantes au coin des yeux, et un démarrage de ptôse du cou. Émotionnellement et affectivement, j'ai cinq ans, l'âge de Balthazar… C'est pas trop grave, maman ? Peut-être un peu quand même…

On était trois petits chats, tu disais. Personne ne pouvait nous atteindre, jamais. Et puis il y a eu tes désordres. La mort de mamie, celle de grand-papa. Il y a eu tes cons, tes ratages, et le dernier homme avec qui tu as vécu qui pour faire le beau t'a abîmée un peu plus. Il y a eu tes angoisses d'argent, tes contrôles fiscaux, tes manques d'amour, tes dépressions, tes crises de larmes démesurées, tes crises de nerfs, tes crises d'hystérie. Il y a eu la solitude, ton irrépressible besoin d'être aimée, tes mauvais amis, tes mauvais jours… et ma sœur et moi, spectatrices, engagées non volontaires, nous étions là, maman !

— Je suis gelée, tu me fais une bouillotte, cocotte.

— Oui, mais… c'est pas normal que tu aies froid comme ça. Je vais te faire une tisane. Tu as de la fièvre ?

— Mais non, j'ai froid c'est tout.

Dans la cuisine, j'ouvre les placards à la recherche d'un sachet à faire tremper qui ne soit pas une potion de sorcière. Il y a des algues lyophilisées, des graines germées, des boîtes de pilules aux plantes, des probiotiques en sachet, des pots contenant de la mélasse marronnasse, de la vieille confiture moisie, des liquides bizarres. Je m'attends à tomber sur un bocal de bave de crapauds. C'est poussiéreux, gras, ça me dégoûte… Pourtant je suis chez celle qui m'a fabriquée, celle à qui je suis censée ressembler. Tout devrait être lisse, propre, parfaitement rangé, à sa place comme dans la maison de Blanche-Neige.

Lorsque je reviens avec la bouillotte et la tasse brûlante, elle s'est endormie. Papa avait raison, ma mère est vraiment malade.

Je ne la quitte pas des yeux. Elle est belle. On dirait qu'elle a mon âge. Ses traits sont épanouis, mais elle ronfle comme un vieux pépé. Je n'ai jamais aimé l'entendre ronfler. Ça ne lui va pas.

Je vais sur le balcon filant. J'allume une cigarette. Je ne sais pas quoi faire, quoi dire, mes pensées s'entrechoquent. En même temps, maman c'est un ouragan, une différence, une question sans réponse. Je n'ai jamais vécu un moment banal avec elle, alors ça ne doit pas être gravissime ce qu'elle a. Elle a besoin de se faire remarquer, c'est tout. Elle joue à l'originale, comme d'habitude.

Je regarde la nuit tomber. Novembre, c'est le mois que je déteste. Tout raccourcit. Les jours, les heures, la chaleur. Il est 16 heures. L'enseigne rouge du Lutetia vient de s'allumer, Montmartre brille au loin. C'est bêtement beau.

Mes yeux se posent sur le sol et là : une crotte, deux crottes, trois crottes ! Je les compte. Il y a au moins vingt merdes de chien qui jonchent la terrasse. Je suis assise au milieu d'un « crottodrome » ! Elle ne sort plus le chien, elle est vraiment très atteinte ! pensé-je alors. Ma gorge se serre. Ça pue dans tous les sens du terme cette affaire. J'ai un pressentiment dramatique.

Je profite de son sommeil pour appeler mon généraliste. Son père vient de mourir. Il me donne les coordonnées d'un confrère qui se déplace et dont le cabinet est dans le quartier. Je lui chuchote, dissimulée dans la cuisine :

— Ma mère a un problème à la bouche, elle a du mal à avaler, et ses lèvres sont comme mutilées. Je pense qu'elle a une mycose buccale. Elle s'automédicalise avec des substances qu'elle seule connaît. Je suis inquiète, j'ai l'impression qu'elle cache quelque chose.

— …

— Je préfère vous prévenir, je ne serai pas là à votre arrivée. Elle ne voudra pas que je reste, elle déteste les médecins. Je vous prie de l'excuser à l'avance. Ne faites pas attention à son discours un peu illuminé et usez de diplomatie. Téléphonez-moi sans faute en sortant de chez elle. Merci monsieur, merci, merci.

— Maman, le médecin arrive.

— Quoi ! Tu vois, c'est pour ça que je ne voulais pas que tu montes. Tu rentres dans ma vie, tu décides à ma place. Ce n'est pas possible ! Tu l'annules immédiatement, Zélie.

— Non, maman, ta bouche est en vrac. Je veux savoir ce que tu as ! Ça n'est probablement pas grave, mais au moins tu auras l'ordonnance et tu pourras commencer à te soigner. C'est peut-être pour ça que tu as froid et chaud. Je suis sûre que tu as chopé une infection en avalant par mégarde une aiguille d'oursins sur tes rochers toulonnais. À force de vouloir bouffer des trucs bio…

— Écoute-moi bien. Je ne veux pas d'intrusion dans ma vie. Tu ne décides pas pour moi ; je suis ta mère, tu entends.

Je soupire, je n'en peux plus de vouloir faire bien, et d'être, sans arrêt, accusée de faire mal.

— Oui maman. Je l'annule alors ?

— Non… mais tu rentres chez toi, je suis assez grande. Je n'ai pas besoin d'un garde-chiourme.

— Tu m'appelles dès que tu sais ce que tu as ?

— Oui, oui… Allez, ouste ! C'était bien l'Amérique, tu étais seule avec Simon ?

— Non, on était une dizaine, Martha t'embrasse d'ailleurs. Ah ! Je t'ai rapporté de la crème de Huit heures en gros pot.

— Elle fait partie de celles que j'aime bien Martha. Il va bien son beau bébé ? Tu m'as aussi acheté des produits Borghese, j'espère ? Ça me rappelle tellement Marcella. Tu sais que j'ai vu le petit samedi. Ton père est venu… il est vraiment merveilleux cet enfant, il est indigo, j'en suis sûre, il baigne dans la lumière. Il capte tout, lui, il me ressemble…

Je pense tout bas : Mais oui maman, lui comprend tout et il te ressemble. C'est comme ton chien qui te répond lorsque tu lui poses une question ; comme ta copine qui parle à Dieu et qui te raconte ce que tu veux entendre. Ils comprennent tout, tous ; sauf moi.

Ce jeudi-là, je me suis bien sûr mal réveillée. J'ai la tronche d'une vieillarde et le regard d'un éléphant de mer qui s'est tapé une orque. J'étale de l'anti-cernes sur tout mon visage pour me masquer des mères que je vais croiser devant l'école mais j'ai toujours la tronche d'Alice Sapritch après son accident. Balthazar ne veut pas se laver les dents. Il fait un caprice pour prendre sa trottinette qui pèse dix kilos et qui va me tuer le bras sur le chemin du retour. Moi, j'ai envie de me pendre.

Lunettes de soleil et vieux jogging à 8 h 30 du matin. Je ressemble à une Loana de Monoprix, mais pour une fois mon look m'importe peu. J'essaye de donner le change avec mon fils comme si cette matinée était normale. Elle ne l'est pas. Je le sais. Elle a mal commencé. De toute façon, je me fous que l'on pense que je suis ridicule. Je suis pathétique et j'en ai le droit. Je porte déjà sur le front l'étiquette de la femme de l'acteur, de la comédienne qui vient du sérail. Je fais partie de celles qu'on observe, qu'on examine l'air de rien. Je suis, pour certains, différente. Celle dont on se demande si elle est vraiment sympa, vraiment intelligente, vraiment fréquentable, quoi ! La fille qui ne peut jamais avoir un gros cul, un bouton de fièvre ou les cheveux sales, sans se sentir observée.

La notoriété, petite ou grande, ringarde ou hollywoodienne, est un état anormal. Pourquoi un artiste est-il plus attrayant qu'un entrepreneur, un grand chirurgien, ou un chercheur de génie ? Je dis souvent que nous ne sauvons pas des vies, et que la cour de petits marquis mis à notre disposition sur un tournage n'a d'intérêt que de nous isoler et de nous faire régresser. Même si nous trimballons l'idée que nous ne vivons pas comme les autres, que nous avons accès à un univers singulier, luxueux, énigmatique, intouchable. C'est un peu vrai et vachement faux. En quoi serions-nous mieux, plus heureux ou plus chanceux que le buraliste ou le dentiste ? Il est certain qu'à vingt ans, je ne rêvais pas de faire carrière à la Poste ou dans l'administration fiscale, bien que je respecte les gens qui ont fait ce choix, surtout les premiers ! Mais, si j'avais su en sortant de mon bac râté que pour vivre de ma passion il allait falloir que j'avale des kilomètres de textes souvent indigestes, et que j'en chie des ronds de chapeaux, comme tout le monde. C'est démago après coup de le dire mais « si j'aurais su, j'aurais pas venu ». Vivre dans le désir des autres, le regard des autres, les décisions des autres, accepter d'être un instrument, ou plus vulgairement une pute qui se doit de séduire, de sourire, pour entendre régulièrement qu'on est trop ordinaire ou trop élégante, trop vieille ou trop jeune, qu'on a fait trop de théâtre ou trop de télévision, qu'on est trop ringarde ou trop racée, trop grosse, trop mince, trop vieille, ou pas assez... Merde et re-merde. Finalement j'aurais dû suivre ma première idée lorsque j'avais huit ans : archéologue. Au moins, là on est chic en vieillissant.

La notoriété est amorale parce que la boulangère m'offre des chouquettes tous les matins alors qu'elle ne lève pas l'œil sur « Madame tout le monde ». La notoriété est excitante parce qu'elle renforce mon ego et comble mon manque de reconnaissance. Mais elle peut m'emprisonner et altérer ma vie. Je peux devenir un yaourt qui se vend bien et qui est appelé à être remis sur le marché avec des morceaux de fruits en plus, ou être balancé à la poubelle parce qu'on m'estime fade et périmée. Pour ma part, elle n'a de qualité que celle de me permettre de faire mon métier dans un épanouissement certain, de ne pas être dans l'obligation de cachetonner pour bouffer et d'obtenir des rôles plus intéressants que les trois répliques tiédasses qui font en partie ce métier aujourd'hui.

Un jour, une maman m'avait demandé :

— Il a raté trois jours d'école votre fils la semaine dernière. Vous l'aviez emmené sur un tournage ?

— Non, pas du tout, avais-je répondu surprise. Nous avons passé deux nuits à Necker car il a eu 40 de fièvre pendant une semaine. Il avait attrapé un sale virus.

— Ah bon ! Puis dubitative elle avait enchaîné : Ça ne doit pas être facile avec vos métiers. Vous arrivez à le coucher tôt quand même ?

Je n'avais pas osé, mais je crevais de lui répondre :

« Vous savez, c'est très compliqué pour nous de vivre normalement. Nous sommes tellement riches ! Nous vivons dans les anciens appartements de Marie-Antoinette, et c'est si grand que quelquefois on y perd notre fils ! On essaye tant bien que mal de le mettre au lit vers 2 heures du matin mais ça ne nous arrange pas toujours parce que ça nous fait rentrer trop tôt du Montana et du Baron, voyez ! Mais je suis sévère, il n'a pas le droit à plus de trois lignes de coke avant ses dix ans, sinon, il ne s'endort pas et le matin c'est l'horreur pour le réveil de l'école. »

Audiard disait « si les cons volaient, il ferait noir », il était optimiste.

On fait tout comme vous, messieurs, dames. « Pipi, caca, dodo », comme disait mon grand-père. C'est pas parce qu'il y a des conneaux et des Mariah Carey dans notre secteur d'activité qu'il faut faire des généralités.

Je suis une quadragénaire, fantasque et délurée (merci maman), capable d'insulter un crétin de deux mètres édenté parce qu'il balance une giroflée à cinq branches à son môme en pleine rue (de quoi je me mêle ? je sais !). Oui, je peux avoir une inconscience de pissenlit ! Je suis également aussi peureuse qu'une taupe dès qu'il s'agit de prendre le métro après 20 heures. J'ai toujours l'angoisse de mal faire et de déranger le voisin, alors je dis bonjour, au revoir et merci 167 000 fois par jour en souriant pour que la vie soit plus douce et les gens plus gentils. Je suis trop polie car l'idée de la bonne éducation, bien que datée, me rassure et me comble et c'est si chic de l'être dans cette société qui se « surploucise ». Je ne sais pas lâcher, ni mes inquiétudes, ni mes idées, même si je ne demande que ça. Rien ne glisse, mais comme une folie douce m'habite, mes névroses sont devenues presque ludiques pour les autres. Je suis susceptible mais à l'écoute, inapaisable et compliquée, mais je me remets en question chaque instant. J'ai une plutôt jolie vie, un joli mari, un joli petit garçon, deux sœurs merveilleuses et des amis que je crois de « bonne qualité » ! Ma relation avec mon père est démente, ma belle-mère est une deuxième maman. C'est plus désordonné avec ma mère qui peut en un instant m'exterminer d'un froncement de sourcil, mais je l'aime, alors… J'essaye d'être heureuse avec mon « pas toujours » joli métier, dans ce « pas toujours joli monde ». Je porte sur mon dos un sac de ciment, comme tout un chacun. Je l'ai teint en rose et l'ai parfumé à la figue pour que ce soit plus chouette, mais il pèse tout de même bien lourd cet enfoiré. Il n'est pas pire que celui de la voisine mais pas mieux non plus, même s'il en a l'air. Je me raconte cette histoire sinon je suis au bout de ma vie et je m'auto-extermine sur-le-champ, parce qu'aujourd'hui, je suis terrifiée qu'on m'annonce que ma maman se meurt.

Je suis rentrée de l'école, le ventre vide. J'avais déjà fumé quatre cigarettes. Je me suis assise dans le vieux fauteuil en crin de cheval et j'ai attendu…

Simon était parti tôt. Il commençait le tournage d'un film qu'il produisait. C'était une période d'excitation pour lui, je ne voulais pas le freiner dans sa course. Je ne lui ai donc pas fait part de mon inquiétude.

Pourquoi le médecin ne m'a-t-il pas encore appelée ? Je me raisonne. Il ne m'a pas appelée parce que maman n'a rien de grave. Il a considéré qu'elle était adulte et que je me mêlais de ce qui ne me regardait pas. Quel abruti ! Je ne lui demande pas son avis ! C'est une toute petite fille. Il ne la connaît même pas.

Et puis la sonnerie criarde et vulgaire de l'application iPhone la plus pourrie du moment qui habituellement réactivait la part graveleuse qui est en moi a jailli de mon portable. Je ne riais plus ; je tremblais. Le numéro était inconnu. C'était sûrement le médecin. Il était 9 h 30.

— Bonjour, madame, je suis le docteur…

Je ne me souviens plus de son nom, je l'ai zappé de ma mémoire et après réflexion, je décide que Docteur « Moncul » lui va très bien !

— Bon ! J'ai vu votre maman... Elle ne va pas bien vous savez. Qu'est-ce qu'elle a eu ?

— Heu, comment ça... qu'est-ce qu'elle a eu ?

— Elle a déjà été malade ?

Brusquement, tout ce que j'occultais depuis des mois débarque dans ma tête comme un quatre tonnes.

— Heu... Oui ! Elle a eu un cancer de l'utérus, il y a un an et demi, mais c'était un tout petit. Parce qu'elle n'est pas allée chez son gynécologue pendant trois ans et elle a attrapé un papillon à virus, je crois...

— Un papillomavirus, madame.

— Oui, c'est ça, excusez-moi, je ne sais pas le dire. Elle a fait une chimio et des rayons. Ensuite elle a eu une rémission totale. On a même bu le champagne, l'année dernière, avec ma sœur et nos maris, jusqu'à 3 heures du matin. Ça a un rapport ?

— Oui madame ! Ça a un rapport ! Votre maman est très malade. C'est probablement le cancer dont vous me parlez qui s'est propagé.

— Comment ? Attendez, c'est un peu brutal ! Elle m'a montré ses examens, ses analyses ; elle m'a dit qu'il n'y avait plus rien. Ce n'est pas possible ! Et puis comment pouvez-vous affirmer que c'est encore son cancer ? Vous l'avez auscultée dix minutes !

— Parce que c'est mon métier, madame.

— Mais, je ne comprends pas ! Ça veut dire quoi, le cancer s'est propagé ? Elle va mourir ?

— Ah oui, très certainement.

— Ah bon !…

Je réponds du tac au tac, comblant les micro secondes à la fin de chacune de ses phrases, comme pour ne pas comprendre que le pire arrive. Il m'emmerde ce con de docteur à m'annoncer la pire des horreurs sous prétexte que c'est son rôle.

— … Mais elle va mourir quand ?… Dans six mois ? Dans un an ? Ou il lui reste quelques années ?

— Non, madame ! Je pense que dans huit jours, peut-être dix tout au plus, elle ne sera plus là… Elle est en stade 4, phase terminale ! Surtout, ne l'ennuyez pas. Il faut la laisser tranquille. Pas de piqûre, pas d'hôpital… Il faut qu'elle s'endorme chez elle.

Mes jambes se dérobent, mon cerveau ne réagit plus, je suis anéantie. C'est la phrase la plus monstrueuse que j'aie eu à entendre dans ma vie : maman va mourir la semaine prochaine.

J'ai dit : « Merci docteur, je vous rappelle. » Toute seule dans mon salon, suspendue à la vérité que ce type qui venait de faire son métier m'avait balancée froidement et abruptement. Je ne respirais plus. Je ne les avalais pas ces mots. J'aurais voulu les recracher, comme on recrache une mauvaise huître : on a failli être très malade, mais non, sauvé, on a craché à temps. Cela ne pouvait pas être vrai, parce que cela n'était pas vraisemblable. J'ai pleuré de toutes mes forces. Pendant dix bonnes minutes, j'ai crié, hurlé, beuglé, ma plus belle prestation de tragédienne. Sauf que là, j'étais l'héroïne de ma vraie vie et personne ne serait surpris de mon talent ! Je me suis rassise sur le petit fauteuil de théâtre en crin de cheval près de la cheminée, et je me suis souvenue du jour où, au chevet de ma grand-mère Mimi qui se mourait aussi d'un sale crabe, maman m'avait demandé sous un prétexte idiot de descendre boire un verre avec elle, dans un petit café de la rue Saint-Honoré.

— On s'installe là, devant les vitres, il y a de la lumière. Deux coupes de champagne, s'il vous plaît. J'ai quelque chose d'important à t'annoncer, ma chérie.

J'avais ri nerveusement, pressentant une sale nouvelle, mais ma mère était tellement imprévisible qu'elle aurait tout à fait pu m'annoncer qu'elle partait vivre en Laponie dans un igloo avec une femme cul-de-jatte ! Je positivais donc son annonce.

— Tu n'es pas enceinte à cinquante-six ans quand même ?

— On trinque d'abord. Tchin…

Elle m'avait regardée au fond des yeux, fixement, avec un sourire désarmé, mais tout de même battant. L'inquiétude grandissait le long de mon plexus déjà très fragile. Puis elle avait chantonné sur un air enfantin :

— J'ai un cancer re, j'ai un cancer re, j'ai un cancer re…

— Pardon ? Qu'est-ce que tu racontes ?! Mais depuis quand ? De quoi ? Pourquoi tu me dis ça comme si tu avais gagné au loto ? avais-je répondu soufflée.

— Zélie, je me confie à toi parce qu'il est temps que tu le saches : tu es ma fille aînée ; mais je te préviens, si j'apprends que tu l'as dit à ta sœur, ton père, ton mari ou à une de tes amies, je ne t'adresse plus jamais la parole ! Personne ne doit être au courant, c'est clair ? Je vais très bien, d'ailleurs, ce n'est pas grave. C'est une petite boule ; et je ne veux pas qu'on l'appelle autrement que « la petite boule ». Tu as bien compris ? Tu es au courant, mais maintenant on n'en parle plus !

— Mais maman, Mimi est en train de décaniller de cette saloperie, toi tu me balances en déconnant que tu l'as aussi, et je dois me taire ! C'est horrible !

— Ta sœur est enceinte. Je ne veux pas qu'elle fasse un prématuré. Quant aux autres, ils n'ont pas besoin de connaître mon intimité et mon intérieur. Je ne veux pas que l'on ait pitié de moi. Je ne veux pas que l'on me parle différemment. Je ne veux pas que l'on me croie faible et que des regards me renvoient à cette maladie. C'est mon choix, ma vie, mon cancer !

Nous étions au mois de juin. Je devais commencer à tourner un téléfilm dans le Sud et enchaîner avec les répétitions d'une pièce de théâtre dont la première était en septembre.

— Tu te soignes ?

— Mieux que toi, c'est certain ! Ce n'est qu'une petite boule dans l'utérus. Mon magnétiseur m'a dit qu'elle allait disparaître complètement. Je dois manger sainement, marcher dans la mer, bien dormir et ne pas être stressée. Et sois rassurée, j'ai vu un vrai médecin comme tu les aimes, à Boulogne : Mesgine quelque chose. Il a l'air moins con que les autres celui-là ! Il a compris que jamais je ne me laisserais opérer. Laisse-moi faire.

J'étais partie pour Marseille, le ventre défoncé. Comme je n'avais aucune information à part celle du « docteur moins con que les autres », qui apparemment exerçait à Boulogne, j'avais téléphoné entre deux prises, face à un soleil méditerranéen supposé joyeux, à tous les oncologues de cette banlieue chic dont les noms se rapprochaient de « Mesgine », espérant trouver le bon. Je finis par l'attraper ! Otmesgine. Il ne voulait pas me parler. « Secret professionnel. » Il avait fallu que je lui fasse entendre que j'étais bien la fille de ma mère, que je lui donne des preuves, qu'il comprenne que maman était une femme spéciale. Il avait fallu surtout qu'il comprenne mon désarroi pour accepter de m'expliquer ce qu'elle avait exactement. C'était sérieux. Son cancer était assez avancé, elle devait impérativement commencer un traitement de chimiothérapie puis enchaîner avec de la radiothérapie.

J'avais loué une maison pour accueillir ma petite famille à Marseille. J'avais convaincu ma mère de m'y rejoindre quelques jours, prétextant que ma nounou ne pouvait pas bouger, faute de permis de conduire. Elle était arrivée excitée comme une gamine, portant une vieille robe de Gorée en tissu Tie and dye bleu. Des amis toulonnais l'accompagnaient. Elle s'était émerveillée devant la maisonnette que nous avions trouvée, puis m'avait entraînée au fond du jardin en me demandant avec beaucoup d'embarras de lui prêter dix mille euros.

— J'ai honte ma chérie, mais tu comprends, j'ai trop de frais avec ma maison, je ne m'en sors pas. Je te rembourserai vite.

— D'accord, je veux bien péter mon assurance vie mais tu entames un traitement tout de suite pour ta « boulette ».

Je ne sais pas comment j'avais réussi à la décider, à la persuader de se prendre en main rapidement. Je crois que dans le fond du fond, elle avait quand même une vague idée de la gravité de sa maladie.

— Pourquoi je te l'ai dit ? Tu vas m'emmerder tous les jours ! Je vais suivre le protocole de l'oncologue, mais je lui ai dit que ce serait à Toulon ; sinon, je ne le fais pas !

— Mais tu es gaga ! Ce n'est pas une option le traitement, maman, c'est une obligation. Je vais être bloquée avec mes répétitions. Fais-le à Paris, que je puisse être avec toi.

— Non, à Toulon ! Mes vacances étaient prévues ainsi, je ne changerai rien ! Oliver et Erwan, mes amis merveilleux, m'accueillent dans leur maison. J'ai déjà tout organisé.

J'avais négocié dix jours de rab avec le théâtre et étais partie, mon fils sous le bras, la rejoindre dans le Var. Maman était venue me chercher à la gare dans sa petite Maruti recouverte d'autocollants de la gendarmerie nationale. Elle pensait qu'elle aurait moins de contraventions !

— On passe d'abord chez Georges et Mona. J'ai pris un rendez-vous chez eux, mais quand tu les verras ce soir, tu ne leur diras rien ! Je veux absolument que tu rencontres quelqu'un de très important.

— Il est 14 heures, maman ! Balthazar n'a pas déjeuné et moi je pourrais lui bouffer la cuisse. Ça ne peut pas se faire plus tard ?

— Tu es venue pour me soutenir ou pour te faire une terrasse au soleil ?

Résignée, j'entrai dans la jolie petite maison du vieux Toulon qui appartenait à ses amis et m'installai sous la véranda. Lorsqu'une femme d'une cinquantaine d'années se présenta. Elle prit la main de ma mère, et dans un sourire me dit :

— Votre maman ne doit sous aucun prétexte se faire opérer. Je peux la soigner. Je peux réduire sa tumeur car elle n'a aucune métastase et une chimiothérapie lui serait fatale.

J'avais répondu froidement, la colère éructant en moi :

— Madame, ma mère a un cancer, et si elle ne suit pas un traitement approprié, elle va peut-être mourir et ce sera de votre faute. Je vous demanderai donc de me donner tout de suite vos cordonnées, ainsi qu'une photocopie de votre carte d'identité que je puisse vous attaquer pour non-assistance à personne en danger dès son décès !

Je vis ce jour-là pour la première fois que ma mère était secrètement heureuse que je la considère, que je la prenne en main. Elle avait probablement le cul entre deux chaises et besoin de mon approbation, de mon autorité, de mon amour, pour avoir confiance dans ce qu'elle allait vivre.

J'avais accompagné maman pendant presque deux semaines à ses séances de chimio, puis elle avait subi une radiothérapie. Elle avait gonflé comme une baudruche, au point d'avoir du mal à se lever. Quinze kilos de flotte dans un corps de sauterelle, c'est beaucoup ! Elle en avait fait voir de toutes les couleurs au personnel soignant. Chaque séance commençait par un rituel. Elle faisait son tour des « bonjour joyeux », espérant séduire le plus de monde possible comme pour gagner du temps et de la confiance avant le grand saut. Ayant une réflexion, un mot sympathique ou une blague pour chacune des personnes croisées. Puis, elle demandait qui allait s'occuper d'elle et quels seraient les instruments, aiguilles, poches de médicament, qu'on allait lui administrer pour le traitement. Une fois qu'elle avait tous les éléments en main, elle sortait de son sac un pochon et en extirpait un pendule qu'elle faisait tournoyer pendant plusieurs minutes au-dessus de l'objet ou de l'infirmière choisie.

— Je vais « penduliser », il y en a pour deux secondes et ça va me rassurer. Ah ! Non, je ne sens pas du tout ce flacon, il est chargé en négatif. Ne me regardez pas comme si j'étais folle, je ne me trompe jamais.

Les soignants étaient surpris par ce numéro singulier. Cela devait les changer de certains malades blafards, angoissés, et soumis. Ils s'amusaient à la regarder jouer sa scène de séduction.

Un soir, en revenant de l'hôpital, elle avait décidé de « se faire du bien au corps » pour pallier les injections de poison qu'on lui administrait. Je jouais avec mon fils dans le jardin de la maison de ses amis. Nous chahutions avec des chiots qui venaient d'être sevrés, quand nous fûmes surpris par une vision aussi comique qu'effrayante. Maman était en petite culotte et, de la tête aux pieds, entièrement recouverte d'un genre de boue verdâtre. Nous poussâmes, Balthazar et moi, un cri épouvanté.

— C'est de l'argile bio. Ça fait sortir toutes les saloperies ! Je dois attendre que ça sèche et en avaler cinq cuillères à soupe par jour pour que ça agisse plus en profondeur.

— Qui t'a conseillé ça ? Tu ne vas pas manger de la terre ?

Elle avait immédiatement avalé avec frénésie sa bouillasse, participant activement au fou rire dans lequel Balthazar et moi étions tombés.

Puis, pour continuer à amuser son petit-fils adoré, elle s'était lancée dans une danse africaine digne de Tintin au Congo, levant et baissant la tête en hululant comme une indigène. Ma mère savait se moquer d'elle-même, surtout quand elle l'avait décidé.

— Il paraît que c'est une réaction rare, la gonflette. Eh bien ça tombe sur moi ! On dirait Louis-Philippe sur sa chaise ! Je t'avais dit que c'était épouvantable tout ce traitement chimique. Cela dit, le médecin est très content, ma petite boule a diminué de 30 %.

Plus tard, en septembre, de retour à Paris, elle avait décidé de se shampouiner chez moi. La moitié de sa tignasse était restée dans la baignoire. Paniquée, mais constante dans l'idée qu'elle n'était pas malade comme les « autres », elle avait ramassé ses mèches puis les avait recollées sur son crâne à l'aide d'un gel collant genre Studio Line. Mi-dreadlocks, mi-homo sapiens ! Elle préférait ressembler à une clocharde allumée plutôt que de porter une perruque.

— Ta sœur arrive demain, tu crois qu'elle va voir quelque chose ?

— Tu veux une réponse franche ? Oui. Mais tu as de la chance, tu nous as fait tellement de plans que si tu lui racontes que c'est la nouvelle méthode qu'utilise Sharon Stone pour ne plus avoir de cheveux blancs, elle est capable de te croire !

Je ne rentrerai pas dans les détails du fou rire de Julia lorsqu'elle avait aperçu notre mère, mais elle avait gobé l'histoire abracadabrantesque ! C'était le principal.

Quelques semaines après son accouchement, j'ai raconté la vérité à ma sœur. Nous étions enfin deux pour assumer cette croisade. Six mois plus tard, maman nous avait convoquées, avec nos hommes. Elle avait ouvert une bouteille de champagne, s'était levée et nous avait dit fièrement :

— Voilà… Marcus et Simon, je remercie les filles d'avoir gardé le secret. J'ai eu une petite boule bizarre dans le ventre et elle a disparu. Je suis en rémission totale et j'aimerais que nous trinquions à cette victoire car la vie, il n'y a rien de mieux.

— C'est vrai ? Mais c'est extraordinaire, comment tu le sais ?

— J'ai fait toute une batterie d'examens, je n'ai plus rien, *fi-ni-to*, *basta*… et pas *hasta luego*, je peux vous dire !

Elle avait ensuite sorti un dossier contenant des scanners, des analyses, et autres papiers pour nous prouver sa guérison, puis nous avions chanté et dansé jusqu'à 3 heures du matin comme des adolescents venant d'être reçus au bac avec mention.

J'ai composé nerveusement le numéro de la boutique londonienne de ma sœur.

— *Bobokids, good morning...*

— *Yes, good morning, may I speak to Julia please ?*

— Ah, Zélie, c'est Nioush, ça va ma chérinette ?

Niousha est notre sœur de cœur. Nous nous connaissons depuis l'adolescence, elle fait partie de notre famille. Elle est également l'associée de Julia dans un concept store de décoration pour enfant en Angleterre. Quelle chance qu'elle soit là. Niousha nous connaît par cœur, elle va comprendre, elle va savoir gérer et soutenir ma moitié. Je lui dis dans un désordre de mots incompréhensibles qu'il faut qu'elle sorte du magasin, qu'elle doit protéger Julia, que je suis allée voir maman la veille. Je fonds en larmes. Niousha ne comprend plus ce que je dis. J'ânonne qu'il ne lui reste qu'une semaine de vie, que je ne la verrai plus jamais, qu'elle n'a que cinquante-huit ans, que ce n'est pas juste, qu'avec ses conneries de bouffer des racines et de parler aux morts, elle va les rejoindre ; que j'ai besoin de Julia, qu'elle doit se dépêcher d'arriver vite à Paris.

— Ma Julia, écoute-moi mon amour, pardon, pardon pour ce que je vais dire, mais il faut que tu prennes un Eurostar aujourd'hui. Maman ne va pas bien.

Ma sœur panique dans la seconde à l'écoute de ma voix terrassée. Cette salope de panique familiale, cette angoisse génétique, notre bel héritage. Je suis malade chaque fois que je lui annonce une mauvaise nouvelle. L'idée qu'elle ait mal m'est insupportable. J'étais à sa place, dix minutes plus tôt, et j'aurais tant aimé lui éviter ce cataclysme, cette décharge. Je tente d'être délicate, posée, je tremble, je redoute ses pleurs. Je sais que le séisme va jouer son rôle. Ça y est, l'horrible phrase est balancée. J'entends le combiné se fracasser sur le sol, et ma toute petite sœur pousser un hurlement, un hurlement effroyable, abyssal, celui de la douleur profonde, du déchirement, de l'anéantissement.

Le souvenir de son cri me hantera des années. Jamais je ne l'avais entendue souffrir si intensément.

Mon père était beau comme un Dieu. Ma grand-mère maternelle aimait raconter que la première fois qu'elle l'avait croisé, il lui avait semblé rencontrer Alfred de Musset.

« Henri, vous êtes un Giotto. »

Romantique, élancé, très mince, un regard doux, un nez de caractère, Bourbon, de longues et grosses boucles châtain dégoulinant le long de sa nuque. Clint Eastwood en mieux ! Il était l'homme dont les filles et les mères avaient envie de tomber amoureuses. Il avait fait les bonnes études, celles dont on était fier de parler ; il était cultivé, sportif, et taiseux, ce qui compensait les logorrhées excitées et permanentes de ma mère, et il avait dix-neuf ans.

Son défaut, le pauvre, fut d'avoir été le fils d'une commerçante du Cap-Ferret. Un bourgeois de province.

— Caroline est enceinte du fils de la pharmacienne !

Le père de maman avait même enquêté sur ma famille paternelle, pour se rassurer sur la moitié de sang dont allait bénéficier ou pâtir son futur petit-enfant. Il l'avait regretté par la suite et s'en était excusé.

Le frère de mon père, Pierre, était ami avec le frère de maman, Thomas, lui aussi beau comme un camion, mais dans un genre plus dandy. Ils partaient souvent faire des virées en pinasse pour épater les filles sur les bancs de sable du bassin d'Arcachon. Je comprends aisément pourquoi maman est tombée si vite sous le charme de mon père, à dix-huit ans, lors d'une après-midi chaude, sur une plage du Ferret où elle traînait son chagrin de fiançailles rompues avec le fils d'un grand publicitaire.

Elle, un petit mètre soixante de joie, couronnée d'une longue et épaisse chevelure tombant jusqu'aux reins, des taches de rousseur galopantes sur ses épaules. Des petits seins d'adolescente, des petites mains, des petits pieds et d'immenses yeux vert forêt avec des cils jusqu'aux genoux ! Un portrait de jeune fille de Fragonard, coquine, espiègle, légère et détachée, unique. Pourtant déjà tourmentée. Elle avait beau être de bonne famille, mieux encore, l'aînée d'un auteur dramatique connu et reconnu, elle ne trouvait pas sa place.

Je crois que la naissance de son frère Thomas avait cristallisé sa première peur. L'angoisse de n'être plus la seule, de n'être plus assez aimée, d'être remplacée. Une autre enfant avait été catapultée dans la fratrie : Annabelle était la première petite-fille de mon grand-père. Son aînée, Delphine, qu'il avait eue avec sa première compagne, l'avait abandonnée à mes grands-parents, prétextant qu'ils avaient déjà deux enfants et qu'à dix-huit ans, elle était trop jeune pour être mère. Puis, quelques années plus tard, une petite sœur, Blanche, la dernière, avait terminé de convaincre maman qu'elle ne régnerait pas en fille unique. Elle aurait désiré être une enfant reine, une enfant qui prend toute la place, qui ne partage pas.

Mes grands-parents s'étaient séparés douloureusement. Maman avait été en première ligne. Elle était la béquille et la confidente de sa mère, une femme d'une grande beauté, d'une grande intelligence, comédienne et metteur en scène, désespérée que son mari ne lui donne pas la place dont elle rêvait sur les scènes parisiennes. Défigurée de tristesse, oscillant entre états dépressifs, plaintes d'abandonnée et tentatives de suicide, et oubliant malheureusement que ses enfants grandissaient en pâtissant de ses souffrances. Ma mère admirait le calme de son père, plus protecteur, mais barbotant dans la lâcheté sympathique qui caractérise quelquefois les hommes brillants, estimant qu'ils fournissent déjà assez de travail en nourrissant grassement leur famille pour ne pas avoir à gérer le reste. Il cédait facilement, la cinquantaine bien entamée, à une nouvelle liberté. Une nouveauté de surcroît allemande ! Le goût pour une femme encore plus jeune que ma grand-mère, moins excessive, et rapidement enceinte d'une dernière fille ! Il s'apprêtait à abandonner le navire, le laissant avec un demi-gouvernail et quatre moussaillons trop fragiles pour naviguer.

Les bambins avaient résisté, avec l'énergie et l'insouciance de l'enfance et l'aide de Mamie Camille, mon arrière-grand-mère, canonisée depuis, qui grâce à son bon sens paysan et sa tendresse débordante avait joué tous les rôles. Mais le mal était fait, et maman, destinée à tenir un rôle écrasant, qui l'écrasa… Celui de « *Protecto consolato* garde du corps » de Mimi, ma grand-mère ! Un bigorneau aurait compris qu'elle reproduirait cette névrose avec ses propres filles, mais c'était une époque où les psys n'étaient réservés qu'aux dingues et où il n'était plus de bon ton de se confier à un curé…

Alors, pour échapper aux poids familiaux, et assumer aux yeux du monde le polichinelle dans le tiroir que j'étais, Henri et Caroline se marièrent et eurent… deux filles, très vite. L'une sur l'autre, presque des jumelles. On les installa dans l'appartement des jours heureux, rue de Furstenberg, papa terminant son doctorat d'Économie et maman passant son baccalauréat difficilement en biberonnant. Enfin libérée, enfin femme, maître de son destin qu'elle imaginait magistral. Malheureusement, les années qui suivirent ne furent pas magiques et elle entama une douce mais longue descente vers la réalité de sa vie d'adulte.

Mon père avait comme projet de partir pour les États-Unis après ses études. Mais c'est l'Afrique qui nous ouvrit ses portes. Grand-papa s'était retrouvé placé à côté d'un grand poète sénégalais lors d'un déjeuner de parents d'élève de la pension où étudiaient mon oncle et ma tante. Ils avaient sympathisé et mon grand-père avait plaidé la cause de sa fille et de son gendre, rêvant de terres lointaines. Le poète étant accessoirement Président de la République du pays en question, le départ vers la liberté fut imminent !

Le Sénégal, avec ses pauvres qui vous déchirent le cœur et que l'on n'a jamais fini d'aider, sa chaleur incommodante, ses amibes, ses vers de cayor sous la peau, et ses épouses d'expatriés qui se ressemblent toutes et jouent les femmes du monde avec leurs trois nounous et leurs quatre boys. L'ennui qui petit à petit gagne du terrain, les soirées rigolotes étant trop rares. Le chantage affectif de ma grand-mère Mimi, ses larmes téléphoniques interminables. Le manque de la vie parisienne, l'impuissance de mon père, jeune et timide face à ma dévorante et brillante famille maternelle. Un quotidien de discordes était sûrement plus équilibrant pour ma mère qu'un jus de bissap sur les plages désertes de la petite côte.

En cascade, il y eut son divorce, ses quatre compagnons, les voyants, la peur de ne pas être aimée, de ne pas trouver l'essence de son existence. La peur de manquer, la peur du vide.

Elle répétait souvent :

— Vous voulez que je crève, c'est ça ! Vous allez y arriver. Et quand je ne serai plus là, vous verrez que j'avais raison !

J'ai débarqué chez le médecin sans le prévenir. Je me souviens que je me suis assise dans la salle d'attente avec d'autres patients. Une angine blanche ? Une gastro ? Un renouvellement de Zovirax ? Il faisait beau ce matin-là, j'aurais dû être heureuse. J'aurais dû être attablée à la terrasse d'un troquet ensoleillé, un jus de pomme carotte dans la main droite, un *Elle* dans l'autre, discutant, greffée à mes oreillettes avec une amie. J'aurais dû être légère... Je les regardais bizarrement ces gens, en pensant à la chance qu'ils avaient d'être seulement un peu malades. Moi, j'attendais la conversation qui allait définitivement me confirmer que ma mère était sur le point de disparaître.

Le médecin, dont le ton monocorde m'exaspérait, m'a de nouveau conseillé de la laisser « s'endormir » ! Comme si j'étais assez conne pour penser que mourir c'était se laisser porter par un sommeil apaisant… Je suis sortie du cabinet. Hagarde, perdue, anesthésiée.

Je ne pouvais pas aller retrouver ma mère et affronter son regard, cette annonce de mort expéditive en moi. Elle qui ne savait rien, ne devait pas savoir. J'avais un besoin vertigineux de soutien, de conseil, il me fallait pour vivre ce crash une personne de confiance !

La première à laquelle j'ai pensé fut Anne-Marie. La mère de ma plus vieille amie, Mahaut. Elle habitait le quartier. C'était une femme pragmatique, sensée, solide. Son mari, que j'adorais, venait lui-même de mourir deux mois plus tôt de la même merde. Je savais que je pouvais compter sur elle. Anne-Marie serait là dans les cinq minutes.

Je suis tombée dans ses bras comme une enfant perdue. Elle n'a pas paniqué et, sans apitoiement démesuré, a géré mon état de fille larguée.

— Mange quelque chose. Je sais que c'est dur ma chérie, mais c'est son chemin. On ne peut rien faire pour la guérir. Tu n'es pas responsable, tu n'as plus qu'à être forte !

Elle m'a accompagnée en bas de l'immeuble, dans cette rue du VIIe arrondissement que j'aimais tant et dans laquelle je ne peux plus passer sans retenir mon souffle. Mahaut et Dina sont vite arrivées. Elles sont toujours présentes dans les mauvais moments ces deux-là. Elles ont été les premiers témoins, les premières épaules du drame qui s'ouvrait et que je ne réalisais pas encore véritablement.

Le jeudi soir, tout le monde a débarqué à Paname, ma sœur Julia, sa fille et Loulou, la Brésilienne qui partage le moindre recoin de nos existences, mon père avec Amy, ma belle-mère. Nous étions livides, abasourdis, déchiquetés par le chagrin, engloutis par la peine et l'inquiétude, comme si nous avions été avalés par une énorme vague qui nous avait dégueulés et meurtris sur le rivage. Nous nous sommes regardés longuement, sans dire un mot. Nous faisions corps : l'armée était en place. Il fallait trouver la stratégie d'attaque.

Maman était viscéralement dans le déni de sa maladie, et je ne me voyais donc pas lui dire : « Alors, j'ai parlé au médecin, mamoune. Tu vas crever assez vite, hein, huit, dix jours tout au plus. Oh ! Je t'en supplie, ne me fais pas la grande scène du II, non, non. Tu ne t'es pas soignée, tu n'as écouté que ton instinct pourri, envoyé chier tout le monde ; tu as bu de la salive d'araignée, tu as discuté avec Marilyn Monroe, alors ne viens pas te plaindre ! »

Il fallait trouver un angle aussi tordu que son déni, un mensonge adroit, une manière douce pour qu'elle ne se doute de rien. Nous ne voulions pas qu'elle ait peur, mais nous, nous étions épouvantés. Le combat contre la maladie a cela de cauchemardesque, c'est que c'est aussi le combat des proches.

Ce soir-là, Mahaut a rameuté toute notre bande, et organisé une soirée chez elle. Nous pensions Julia et moi arriver pour vidanger notre chagrin dans les bras de notre amie alors que quarante personnes nous attendaient, les bras ouverts et les larmes aux yeux. Les meilleurs, les plus proches, la tribu. J'ai poussé un cri, mélange de surprise, de joie intense et de peine incommensurable. Je suis tombée par terre, pleurant comme une gamine qui ne se maîtrise pas. Aucune pudeur, aucune dignité. Seulement un chagrin sans mesure. Puis, cet instant passé, nous avons bu et mangé comme lors d'un anniversaire.

La vie, la vie, la vie… Nous devions rester en vie.

Ma mère était menteuse. Elle avait menti très tôt, pour se préserver sans doute, pour avoir l'air d'être ou de ne pas être, pour gagner du temps, pour soutenir une cause, un ami, un parent, un parfait étranger quelquefois, ou juste pour exister pleinement. Pour s'échapper peut-être, se persuader qu'elle était maîtresse de sa vie et que personne ne pouvait intervenir. Je ne supportais pas de la surprendre en plein mensonge. Je considérais qu'elle devait montrer l'exemple, que cela l'avilissait. Je la poussais souvent dans ses retranchements, lui posais des questions sournoises. J'essayais de la coincer, de lui faire avouer sans humiliation son artifice. Mais elle tenait le coup, ne perdait jamais la face, n'admettait aucune erreur.

Les fables de ma mère ont été mes premières déceptions à son égard. Certaines m'ont amusée, comme le soir de mes dix-huit ans, où elle nous avait raconté qu'elle allait acheter une voiture amphibie pour naviguer et rouler, et que nous pourrions aller au bout du monde. Ou le jour où j'ai découvert sur sa feuille d'imposition qu'elle s'était rajeunie d'une année. Comme si l'administration fiscale en avait quelque chose à foutre ! D'autres m'ont profondément affectée, notamment parce que je sentais qu'elle ne me faisait pas assez confiance pour me confier la vérité, moi qui rêvais d'une complicité absolue entre nous.

Je suis devenue « une grande » très tôt. Combien de milliards de fois m'a-t-elle répété : « Zélie, c'est toi la grande, tu dois aider ta sœur. Zélie, arrête de pleurer, tu es grande. Zélie, ma grande, il faut que tu prennes sur toi… C'est normal, tu es la grande, donc… Les grandes ne se comportent pas de cette manière. »

Quel poids sur les pauvres aînées ! Elles sont fatiguées les grandes d'endosser ce costume de la fille qui doit tout comprendre, tout gérer, tout avaler, tout pardonner tout en étant contente d'être grande parce que ce doit être une fierté en plus ! Je suis surtout devenue grande parce que maman était petite. À quatorze ans, je pense que j'étais aussi mature qu'elle à trente-deux. Le cliché de la femme enfant. Quémandant des massages et des gratte-dos avant de s'endormir, comme mon fils tous les soirs. Hurlant pour un rien devant n'importe qui, n'importe où, n'importe quand. Débarquant à 21 heures chez moi, quand j'avais un dîner de dix personnes et un enfant à coucher en vociférant la voix pleine de sanglots qu'elle était ma mère et qu'elle venait dormir dans ma maison quand elle le voulait. Récitant des prières de « zozos » treize fois de suite sans respirer parce que « sinon ça ne marche pas » ! Jalousant férocement tout être, homme, femme, enfant, animal, ami, qui pourrait potentiellement lui voler les gens qu'elle aimait, même quelques minutes. Bref, toutes sortes de loufoqueries que les personnes qui ne vivaient pas avec elle vénéraient, mais qui moi, m'ont pesé, depuis que je suis devenue « une grande ».

Un soir de 1987, vers 20 heures, je revenais sautillante de chez mon amie Mahaut qui habitait à deux rues de chez nous. Je me souviens avoir ouvert la porte de l'appartement intriguée, car j'y percevais des cris inquiétants. J'entrai précipitamment. Des gouttes de sang couraient sur la moquette du couloir et sur les murs, et simultanément j'entendais ma petite sœur pleurer et ma mère hurler des mots que je ne comprenais pas tant ils étaient étouffés par ses larmes. Une angoisse effroyable me gagna. J'imaginais déjà la scène de crime. Je courus vers le salon comme le petit Poucet, en suivant les éclaboussures et trouvai Julia, allongée sur le canapé rond, hurlant sa peur comme dans un film d'horreur. Tout me paraissait irréel. Je me dirigeai vers les gémissements de ma mère qui provenaient de la salle de bains, persuadée que j'allais la trouver agonisante. Elle était sur le sol, près des toilettes, le visage couvert de mascara qui avait coloré ses joues de traces grisâtres. Ses yeux étaient bouffis, elle était ravagée de douleur, mais elle ne saignait pas, elle ne mourait pas.

Son Jean-Jacques, un complexé, anciennement apprenti charcutier et acceptant mal ce statut de plouc embourgeoisé aux côtés de ma mère, avait encore bu deux verres de trop, lui qui ne supportait pas l'alcool. Il avait cassé le meuble vitrine de l'entrée et en se coupant avait parsemé notre maison de son sang de connard. J'ai nettoyé l'appartement et consolé Julia. J'ai écouté, j'ai rassuré et massé maman pour qu'elle s'endorme. J'avais peur que le Jean-Jacques ne revienne, mais j'étais « la grande » ! Jean-Jacques, qui quelquefois, après une dispute ou un verre dans le pif, venait se coucher dans notre lit, se blottissait contre nos petits corps d'adolescentes. Nous étions tétanisées à l'idée qu'il tente de nous caresser. Il ne l'a jamais fait. Jean-Jacques qu'on aimait bien quand même, qui nous faisait rire, Jean-Jacques qui rendait maman heureuse, quelquefois…

Un autre soir où, égarée dans ses douleurs, elle hurlait comme une hystérique dans la chambre d'amis et où j'avais essayé de la raisonner, elle m'avait prise à partie violemment :

— Je suis malheureuse, je me sens seule, tout le monde s'en fout ! Je n'en peux plus, Zélie, je n'en peux plus, je vais crever, je vais crever parce que personne ne me comprend, personne ne me soutient, personne ne m'aime !

Et elle s'était mordu l'index avec tant de hargne pour que j'avale son désarroi que j'avais eu peur qu'elle ne se l'arrache.

Elle avait besoin que l'on vive ses souffrances, pleinement, qu'elles s'incrustent en nous. Elle avait besoin qu'on l'entende, qu'on intègre sa douleur, quitte à ce que nous soyons marqués au fer rouge. Ces images gravées sur mon disque dur me font encore mal. Elles m'ont fait grandir trop tôt. C'est à cause de ces flashs fantômes que j'aime quelques fois régresser devant Mary Poppins, une plaquette de Côte d'Or noisette raisin et une peluche serrée dans mes bras.

Je me suis mise d'accord avec les miens et nous avons décidé de ne rien dire à maman. Nous allions tous vivre à côté d'elle, avec elle, pour elle, au plus près de ses désirs, ses quelques jours de vie, ses derniers.

Lorsque Julia et moi sommes arrivées dans l'appartement de la rue Vanneau, elle m'attendait, trépignant :

— Il faut que tu ailles m'acheter du bicarbonate, j'ai les dents marron, c'est affreux, on dirait le copain de Sarkozy qui joue dans *Les Visiteurs* !

Effectivement, ses dents de la chance avaient perdu de leur superbe, son sourire si charmant aurait fait flipper Kadhafi.

— Ah oui, dis donc, il y a un problème. C'est bizarre, c'est venu dans la nuit ? Tu as bu deux litres de café ?

— Non, j'ai juste pris mes probiotiques, et une gorgée de vin rouge.

Puis Julia, qui avait attendu deux minutes dans l'entrée pour ne pas pleurer en découvrant le nouveau visage de maman, fit son apparition telle « la Vierge », pendant que je parlais, feignant une surprise. J'enchaînai pour combler mon malaise mensonger :

— Mais tu as mangé quelque chose hier soir ? Il faut que tu manges, maman, le régime c'est terminé.

— Coucou, maman ! Surprise...

Lorsqu'elle voyait ma sœur, ma mère s'apaisait, elle baissait la garde. C'était la petite, celle qui l'avait toujours soutenue, plus que moi ! Défendue, plus que moi, comprise, plus que moi. Julia avait une peur quasi traumatique du conflit, elle était en éviction totale de la moindre engueulade, du moindre désaccord. Nous avions chacune développé une manière de réagir face aux dysfonctionnements violents de notre famille. Elle préférait dormir chez maman alors qu'elle sortait d'une journée de boulot harassante, qu'elle rêvait d'un bain, et n'avait pas vu son amoureux depuis trois jours, plutôt que d'assumer une discussion houleuse, des reproches ou un harcèlement quotidien. Elle reproduisait exactement le comportement que ma mère avait eu avec la sienne ; reculer pour mieux sauter ! Enfin, tout le monde sait bien que lorsqu'on recule, on croit prendre de l'élan, mais en réalité, on stagne ou on se casse la gueule. Le docteur Z appelait ça un comportement d'évitement.

— Oh ! Ce n'est pas vrai ! Ma chérie, mais qu'est-ce que tu fais là ? Tu as laissé ta boutique ? Et Marcus, ta fille... ? Ce que je suis contente de te voir, ce que je suis contente...

Nous étions tellement terrifiées à l'idée qu'elle découvre notre stratagème, et comprenne qu'elle était gravement malade, que nous en faisions des tonnes.

— Figure-toi que j'ai une cliente qui veut que je décore les chambres de ses enfants à Paris. C'est une princesse nigérienne qui vient de s'acheter un immense appartement. Elle m'a déjà commandé pour 50 000 £ de meubles sans compter mes honoraires de décoratrice. J'ai rendez-vous avec elle ce soir. Du coup, je suis venue t'embrasser.

Je pinçai ma sœur qui s'était emballée dans une diatribe de grande mythomane dont elle n'allait pas se sortir. Maman était absolument tout, sauf débile.

— Les gens sont dingues de dépenser ces sommes extravagantes pour des meubles d'enfants. Fais-lui les poches à cette conne de milliardaire et construis des puits dans son pays, ça aidera plus les mômes ! Mais tu ne restes pas longtemps alors ?

— Si, si, je vais rester quelques jours, on est vendredi. J'en profite pour passer le week-end avec vous.

— Oh, ce que je suis contente…

Une fois les embrassades faites, je repris le fil de la conversation pour la convaincre :

— Tu es dangereuse, maman, tu ne peux pas boire de vin dans l'état où tu es. On va dormir chez toi ce soir pour te surveiller.

Elle poussa un soupir d'exaspération que je connaissais par cœur.

— Zélie, c'est fatigant de répéter qu'il n'y a pas mieux qu'un bon verre de rouge, surtout lorsqu'on est faible ! Mes vertèbres sont coincées, j'ai fait un petit régime et les « chocs » m'ont épuisée, c'est tout !

Mais de quels chocs parlait-elle ? Ah ! Les chocs, les émotions, les ébranlements, les angoisses, les heurts, les traumatismes. On est tombées dans la marmite en sortant de son ventre, Julia et moi. C'était son mot préféré les « chocs ». Ceux qu'on lui avait faits, ceux qu'on allait lui faire, ceux qu'elle vivait au quotidien. Toutes ces injustices que les gens qui l'aimaient lui faisaient subir. Elle cherchait le bonheur partout, dans tous les coins. Le problème c'est qu'elle ne se remettait jamais en question, ne ressentait aucune responsabilité face à ses galères incessantes. C'était plus arrangeant de croire que la sérénité qu'elle méritait lui échappait parce que les autres, les impurs, lui en voulaient. Elle s'octroyait des droits sur beaucoup de choses, et finalement peu de devoirs, sauf pour l'enfer de sa vie : soulager et ingérer les névroses de sa mère, notre chère Mimi. Dans l'ordre des priorités absolues, il y avait ma grand-mère, maman se positionnait en second et nous arrivions en troisième. Mon père m'a raconté que lorsque nous vivions en Afrique, enfin loin des tourments, maman pouvait passer deux heures au téléphone à écouter les lamentations de ma grand-mère. Je crois que son drame paradoxalement était aussi sa survie. Elle tenait un vrai rôle, elle avait une responsabilité, un personnage à habiter. Pourtant, je sais aujourd'hui qu'elle nous aimait plus que tout. Que nous avons toujours été comme elle aimait le dire « ses trois petits chats ».

— Qu'a dit le médecin, maman ? Sur ta bouche qui brûle, sur tes lèvres toutes fendues ?

— Ah, évidemment, c'est ça que tu veux savoir. Il m'a dit que j'avais probablement une mycose parce que j'étais fatiguée. Tu vois, à force de ne pas me ménager, d'absorber des contrariétés, j'ai chopé une saloperie. J'attends toujours le bicarbonate d'ailleurs. Ça va me sauver, ça rend le corps alcalin. Et trouve-moi de l'huile de foie de morue et du citron aussi, je pense que j'ai besoin de désinfecter mes émonctoires.

— Non, maman, je vais t'acheter les médocs que le docteur t'a prescrits et tu prendras tes potions magiques en plus si tu veux, mais là, franchement, tu dois te soigner. Tu ne peux pas rester comme ça, tu n'arrives plus à avaler.

Elle m'avait regardée avec un minuscule sourire, satisfaite que je m'inquiète. J'étais descendue à cette pharmacie de la rue de Babylone, où j'ai fini par me faire des copines, car j'allais y retourner au moins trois fois par jour.

Il a fallu organiser cette semaine épouvantable pour que maman ne s'affole pas. Prévenir les quelques membres de la famille proche, les meilleurs amis. Nous ne pouvions pas autoriser n'importe qui à lui rendre visite, elle aurait facilement compris que quelque chose ne tournait pas rond et nous en aurait voulu atrocement. Et puis il fallait que les visiteurs soient assez intimes avec elle pour qu'elle accepte d'être vue dans son lit, sans fards.

Ma tante par alliance, que nous n'avions pas vue depuis des années, a débarqué de Bretagne et s'est installée deux nuits chez elle. Elles s'étaient rencontrées à seize ans et maman lui avait présenté quatre ans plus tard Pierre, son beau-frère. Elles ne se fréquentaient plus beaucoup, mais se parlaient souvent au téléphone. Elles avaient gardé des liens forts, des souvenirs de jeunesse, d'un temps heureux où elles étaient mariées aux deux frères. Laurence était la mère de nos cousines germaines, l'ex-femme de Pierre, mon oncle-parrain. L'amie du premier mariage.

Lorsque nous l'avons appelée, elle a réagi instantanément, avec évidence nous a-t-elle dit, parce que maman était sa vieille complice et qu'il était impensable de ne pas lui dire au revoir. Mais elle nous avait prévenues : je ne supporterai pas d'assister à l'enterrement. Laurence voulait garder de maman une image animée, expressive, de la femme la plus unique qu'elle ait rencontrée. Nous l'avions briefée sur le déni dans lequel notre mère baignait. Elle a été merveilleuse. Pendant ces deux jours, elle a régné sur la logistique des repas, des conversations, des questions, des larmes, et de cette mémoire lointaine. Elle nous a soulagées, devinant l'enfer que nous allions vivre. Et ce fut joyeux. Nous avons presque eu l'impression d'être en week-end, toutes ensemble.

Laurence et Caroline fumaient cigarette sur cigarette, avachies sur le lit, se remémorant leurs complicités. Nous les entendions rire, chuchoter comme des gamines, puis Laurence s'endormait près d'elle, lui offrant sa présence rassurante.

Maman a fait comme s'il était normal que son amie qui ne connaissait pas cet appartement, qui n'était pas revenue à Paris depuis des lustres, soit là, vautrée dans sa couche.

Puis, bien sûr, papa passait. Les enfants aussi. Une voisine du Sud adorable qui, inquiète de ne pas pouvoir comme à son habitude joindre ma mère, avait laissé dix messages sur son répondeur qu'elle n'écoutait plus. Elle vivait dans la campagne provençale près de la maison perchée dans les oliviers dont ma mère avait hérité de grand-papa. Je l'avais rappelée par politesse, et également par nécessité. Je voulais que le monde entier sache qu'il ne restait que quelques jours, voire quelques heures de respiration à ma mère, que nous étions une famille en danger, des filles en phase de devenir orphelines, que nous étions dépassées par l'événement, par l'absurdité du temps que nous voulions retenir à tout prix. Je voulais que nous soyons entendues et assistées. Cette dame qui avait peu de moyens avait pris un avion dans la journée, et joué le jeu du « comme si de rien n'était ». Parfaitement, comme une grande actrice. Maman s'était tout de même interrogée, trouvant étrange qu'elle ait un rendez-vous chez le notaire à Paris, alors qu'elle ne quittait jamais son village. La gentillesse et le chagrin de cette femme qui nous était jusqu'alors inconnue nous ont émues. Avec le recul, je crois que l'inconscient de ma mère a avalé beaucoup d'énormités ; pour que son conscient soit en paix, pour éviter d'anticiper une peur magistrale.

J'ai tout essayé. Le Mitosyl, l'Homéoplasmine, l'Avibon, la Vaseline, les onguents en tous genres, les crèmes de fesses pour bébé. Rien ne soulageait ses lèvres. Caroline était attendrissante, elle se laissait faire comme une poupée, ravie que nous soyons toutes à elle, du matin au soir. Martine, sa voisine de palier, qui était devenue une de ses amies proches, partageait certaines de ses croyances, notamment celle des médecines douces, des médecines irrationnelles ou parallèles, on les appelle comme on le veut. Elles avaient l'habitude de se réunir souvent avec d'autres femmes pour parler de leur lutte quotidienne contre les forces négatives de la terre. Les faiblesses de leurs congénères les désolaient. Elles priaient leurs anges, lesquels avaient tous des noms bizarres. Methusiel, Berjael, Tiphered. Les miens se nommaient, pour le gardien, Lecabel, Lauvuel pour le cœur et Imamiah se chargeait de ma spiritualité. Je devais les appeler dès que j'en ressentais le besoin. « C'est gai de parler à ses anges, Zélie, ils ont toujours la réponse à ta question. Cela donne du courage. » Elles s'échangeaient des recettes de perlimpinpin, divaguaient sur la magie noire, sur les énergies en tout genre. Bref, discutaient des heures avec beaucoup de certitudes, du monde qui se noyait et des solutions qu'elles envisageaient pour le sauver.

Je m'étais soulevée orageusement contre ces « meetings » de petites sorcières de maternelles qui distinguaient avec dédain et plaisir ceux qui n'entraient pas dans leur cercle. J'avais cherché à rationaliser son esprit, n'intégrant pas que ses croyances étaient sa force, sa foi, son plaisir, sa bouée de sauvetage, sa volontaire singularité. Moi qui suis si terre à terre, une bonne Vierge ascendant Capricorne : « C'est sûr que sans air et sans feu, dans tes signes, tu ne seras jamais légère, ma chérie ! » Je ne comprenais pas qu'elle vive à travers des chimères, qu'elle ne sache pas se protéger avec d'autres armes.

Cette voisine aimante était passée, elle aussi, régulièrement, pendant cette déchirante semaine, comme si l'événement n'avait aucune gravité, déposer des boulettes homéopathiques et des remèdes miraculeux dans la bouche malade de sa camarade. Maman était rassurée, persuadée qu'elle absorbait des antidotes contre tous les maux du monde. Cette femme avait participé, avec d'autres, à convaincre Caroline qu'elle n'était pas responsable de ses problèmes, de ses angoisses. Non, ils étaient le résultat de mauvaises ondes, d'erreurs engendrées par les ignorants et la profonde médiocrité ambiante. La solution choisie était d'entrer en rémission de la vie ordinaire des citoyens lambda et, quelque part, de notre vie à nous. Nous, ses filles, les larguées, qui avec nos minables esprits de synthèse cartésiens et notre légèreté d'ignares courions droit vers un chemin plat et fade.

En se singularisant, maman s'éloignait un peu plus de ses enfants, mais se sentait libre, vivante, vibrante, proche d'un accomplissement grandiose.

Pourtant je n'en veux pas à Martine, j'ai appris qu'elle avait essayé de convaincre ma mère de se faire opérer en découvrant son mal quelques mois plus tôt. Elle l'avait aimée comme Caroline le voulait, à sa façon.

« Viens mon Momo, viens me faire un câlin mon chien. C'est un génie ce clebs, il sent quand je suis mal, d'ailleurs il gémit pour me rassurer et pose sa tête sur mon ventre. Je suis sûre qu'il a un magnétisme ! Il me donne sa bonne énergie. *Come on my boy, get up on bed.* »

Ma mère a toujours parlé à ses chiens comme à des êtres humains. Et en anglais s'il vous plaît, c'est tellement plus chic. Elle les grondait et les punissait lorsqu'ils avaient fait une bêtise exactement comme s'ils avaient été ses enfants. Lorsqu'ils étaient sages, ils avaient droit à une gamelle de luxe. Steaks hachés, os à moelle, légumes et riz au lieu des croquettes. Jamais elle ne leur a donné du Canigou, persuadée qu'ils auraient fait des crises d'urticaire ou d'eczéma. C'était une relation ridicule, mais pour nous cela faisait partie du quotidien. Maman pouvait être si drôle, si merveilleuse, quelquefois.

— Les chiens, *come here, quickly... oh, you are naughty boys, very bad boys. How could you steal that piece of* saucisson *? I'm very disappointed, I'm very very...* pas contente. *Shame, shame on you !* chantonnait-elle.

C'était extravagant, théâtral, mais tellement funky d'avoir une maman pas comme les autres. Dans ces moments-là... ma marraine, sa plus vieille amie d'enfance, vivait à la campagne, et élevait des Cavaliers King Charles dans un château. Elle était la fille de deux immenses stars de cinéma des années 50 et, comme maman, avait « changé de banquette » pour espérer une vie plus calme et plus à son image. Elle m'avait offert un chien pour mes sept ans. Je l'avais baptisé Snoopy comme le dessin animé. Notre premier cabot bilingue. Il avait somnolé dans tous les restaurants de Paris, allant même quelquefois jusqu'à se traîner dans des boîtes de nuit incongrues. Nous avions également des chats, récupérés chez tous les crevards que notre mère croisait au gré de ses rencontres. Des tortues, des hamsters, des lapins, et plus tard lorsque nous avons été adultes, maman a accueilli dans son petit appartement du Marais deux poules naines. Elle leur avait donné des noms de pièces de théâtre, Ornifle et Léocadia ! Une poule ça caquette, ça pue, ça chie toutes les huit secondes. Comment pouvait-elle vivre dans les cinquante mètres carrés de son appartement du Marais, avec des gros oiseaux de basse-cour ?

« Ah ! Les filles, vous n'avez aucune poésie… c'est le côté bourgeois de province de votre père ça. Heureusement que je les ai, je peux vous dire. Je leur raconte des histoires, elles me répondent, elles me font rire. Elles sont magiques ces cocottes. C'est la vraie vie les animaux ; ça ressent tout, et ça a une âme bien plus pure que celle de certains abrutis qu'on fréquente. J'ai fait plusieurs fois Paris-Toulon en train avec elles deux, eh bien, vous n'allez pas me croire : elles se sont mieux tenues que vous au même âge ! »

Léocadia est morte la première et Ornifle, désemparée, l'a suivie de quelques semaines.

L'homme pour qui maman avait quitté papa était un beau British. James avait tout de suite vécu avec nous à notre retour d'Afrique. Nous étions un peu forcées de l'accueillir dans notre vie d'enfants, venant d'être séparées de notre père. Maman avait décidé de s'installer dans la maison de campagne de mes grands-parents à Montfort-l'Amaury. James avait débarqué avec son chien lion, Manat, qui lui aussi ne comprenait que la langue de Shakespeare.

Il avait un accent très prononcé. Nous adorions l'imiter pour asseoir un peu notre pouvoir. C'était Jane Birkin affublée de coucougnettes. Il nous parlait anglais, pour qu'à défaut d'être les dernières en classe, nous soyons les premières dans cette matière. « Ta maman est pas content, tou as pas rwangé les assiettes dans le couisine. »

Nous rentrions du Sénégal, où nos habitudes de soleil, de mer et de jus de pain de singe au goûter sous les baobabs avaient fait de nous des enfants sauvages, libres et épanouies. Nous ne comprenions pas qu'il n'y ait plus beaucoup de camarades colorés à l'école, que nous n'ayons plus l'autorisation de sortir seules de la maison. Nous ne comprenions pas qu'un homme qui n'était pas notre père ait des droits et quelquefois des devoirs sur nous.

— Tou parles pas comme ça à ton maman, c'est pas poussible ! Tou vas dans ton chambre !

James était plus jeune que notre mère. Trois ans de moins. Cela faisait une différence, car maman avait vingt-sept ans, et lui entrait dans sa première année de vie active chez un agent de change parisien. Elle nous l'avait imposé simplement, avec évidence, comme un ami de plus, qui se serait trouvé là par hasard un week-end, et qui serait resté. Beau, attachant, aimant la grande nature, les chevaux, les chiens, et notre mère.

Elle avait pensé que, la transition Afrique-France étant brutale pour des petites filles de six et sept ans, il était préférable de passer par une réaccoutumance campagnarde. Nous allions chercher les œufs, les poulets et le lait frais dans une ferme voisine. L'école Notre-Dame-du-Bel-Air était pourvue d'un immense parc, et nous jouissions d'un grand jardin dans notre maison pour nous défouler. Nous montions à cheval, allions à la pêche à la truite à l'étang des Morues, et dévalions à 100 à l'heure en planche à roulettes la rue de Sancé jusqu'au parking du marché qui se trouvait en contrebas. La seule nouveauté fut l'obligation de prendre des cours de piano et de chant avec la vieille Mlle Collignon dont je garde un souvenir très tendre et de commencer la danse classique. Le dépaysement fut moins violent. Jusqu'au jour où, quelle mouche la piqua, elle décida que nous irions à l'école à Paris tout en restant vivre à Montfort. Il fallait tout à coup absolument nous réhabituer à la vie citadine, quitte à ce que cela soit une galère. Pourquoi faire simple lorsqu'on peut faire compliqué, c'est tellement mieux ! Les réveils aux aurores nous fracassaient. Nous finissions nos nuits dans la voiture, grelottant, recroquevillées l'une sur l'autre. Mon arrière-grand-mère mamie nous attrapait à la sortie du Cour Désir qui collait le Monoprix rue de Rennes pour le déjeuner et nous repartions pour la cambrousse après la classe. Puis ce fut l'inverse. Encore un nouveau concept ! Nous nous installâmes à Boulogne-Billancourt avec James et nos chiens, mais partions vers 6 h 45 du matin pour l'école du Bel-Air ! Maman avait l'impression que finalement nous travaillions mieux au bon air des Yvelines !

— Julia, c'est horrible ce que je vais te dire, mais tu as senti l'odeur atroce qui sort du lit de maman ? Il y a un truc anormal, ce n'est pas possible qu'elle pue comme ça. Ça vient d'où ? Tu crois qu'il faut qu'on la lave au gant ? Je réalise qu'elle n'a pas pris de douche depuis trois jours !

Nous n'avions pas remarqué que maman ne se levait plus. Ne serait-ce que pour aller faire pipi. Sauf une fois, le jour de mon débarquement, lorsque j'étais remontée de la pharmacie. Je l'avais trouvée debout, au milieu du salon, et sa démarche indécise et maladroite m'avait heurtée. Elle avançait à tout petits pas, comme une centenaire ! Je lui avais demandé à quoi elle jouait, sûre qu'elle me faisait un énième numéro de chantage affectif, car toutes plaintes étaient bonnes à dire. Elle m'avait répondu en soupirant et en articulant un peu méchamment :

— J'ai vraiment l'impression de pisser dans un violon ! J'ai mal au dos, mes vertèbres sont coincées. Tu as compris, là, ou tu veux que je te le dise en grec ?

J'avais oublié volontairement cette réflexion désagréable. Pour moins souffrir ; car notre relation absurde pouvait selon les circonstances prendre des tours aussi aimants que violents.

J'ai acheté des masques en papier pour nous protéger de cette odeur acide et âpre qui avait totalement investi la pièce et qui n'a jamais été celle de ma mère. Puis nous lui avons fait sa toilette. Pour faire diversion, nous chantions et lui racontions des blagues, les dernières frasques de nos enfants. Ce moment terriblement réducteur et humiliant se devait d'être anodin.

Maman se laissait faire, riant à nos imbécillités, et miaulant de plaisir lorsque nous frottions son dos. Ses filles lui étaient enfin dévouées.

— Vous êtes drôles avec vos masques de dentistes, on dirait des archéologues, vous cherchez quoi les filles, un trésor ? disait-elle en s'amusant.

N'offrant aucune prise au drame que nous étions en train de vivre ensemble. A-t-elle fait semblant de ne pas se rendre compte de l'horreur de la situation ? Ou le déni était-il trop ancré en elle ?

— Que tu es bête, maman. Non, je sens l'angine poindre, et je ne voudrais pas vous refiler mes miasmes. (Puis je lançais l'air de rien :) Il y a une odeur étrange, comme du vieux vinaigre, tu sens ?

— Une odeur étrange ! Non, ça doit être l'humidité, il commence à faire froid en novembre.

Étrange, oui. Étrangère surtout. Une odeur qui ne ressemblait à rien de ce que j'avais pu sentir dans ma vie, même du temps de mon enfance africaine, lorsque nous passions devant le marché de Sandaga où les émanations d'égouts mixées à la poiscaille séchée sous un soleil tueur nous attaquaient les narines. L'odeur de la pré-mort, l'odeur de la pourriture. Comme maman ne pouvait pas être moisie, cela devait probablement être autre chose, je ne savais pas quoi, mais autre chose.

— Vous savez que j'ai du mal à parler avec cette conne de bouche !

C'est vrai que c'était étrange de voir notre mère articuler avec effort chaque mot pour dire une toute petite phrase. Elle semblait avoir un intrus collé au palais et ses lèvres étaient proches de celles d'un zombie de série Z. On lui promit donc de joindre un laboratoire pour faire des prélèvements poussés et pouvoir lui donner un traitement sérieux.

J'appelai mon oncle Thomas qui avait depuis longtemps des rapports distants avec sa sœur. Je voulais qu'après mon père et les quelques intimes, il sache… J'avais ressenti le besoin de le réveiller, de le sortir de sa grotte. Allaient-ils vouloir rattraper le temps perdu tous les deux ? Auraient-ils envie de se revoir, de s'expliquer, de se pardonner les querelles du passé ? Je n'avais de lui que des souvenirs lointains. Un homme dont la beauté et le dandysme m'impressionnaient lorsque j'étais adolescente. Un homme qui avait tenté, peut-être bêtement, d'échapper aux drames, aux cris ; un homme blessé, blessant, cynique, se sentant agressé et donc devenu agressif pour se protéger. Esseulé dans ce monde familial tourmenté. Et qui semblait se complaire d'être incompris. Il était le garçon. Gâté par la nature, par son père, qui l'avait sacrifié en l'emmenant avec lui après la séparation, culpabilisé par sa mère qui souffrait de celle-ci. Tiraillé entre ses géniteurs et, probablement à juste titre, jalousé par ses sœurs, plus sages et restées avec leur mère. Il ne se laissait plus approcher de près, réagissait abruptement, maladroitement, pour ne pas se perdre plus encore. C'était un homme esquinté par les déceptions de sa vie, désarmé, épouvantablement sensible.

Il avait pourtant volé au secours de maman comme un lion lorsque, enceinte de moi à dix-huit-ans, ma grand-mère voulait l'envoyer en Angleterre se faire avorter du fils de la pharmacienne. Ils auraient tous les deux pu s'aimer tendrement, être les complices de leur sale histoire, se porter. Pourquoi, dans cette famille, l'amour devait-il absolument se prouver par la guerre et l'affrontement ?

Thomas était resté sans voix pendant quelques secondes, en m'entendant lui annoncer l'inexorable nouvelle.

— C'est affreux ce que tu me racontes… c'est affreux. Caroline a choisi sa route. Vous ne pouvez, ta sœur et toi, que la couvrir d'amour et d'attentions pour qu'elle ne parte pas terrorisée dans l'autre monde.

— Tu veux que je te la passe ?

— Non, je ne peux pas lui parler comme si de rien n'était, je n'y arriverai pas, dis-lui que je l'embrasse.

— Tu ne veux pas lui écrire une lettre ?

— Si… bien sûr, je vais lui écrire…

Georges, le meilleur ami de maman, était arrivé dans l'après-midi, les yeux rougis et gonflés par le chagrin. Il ne parvenait plus à trouver le sommeil. Ils avaient passé vingt-cinq ans ensemble, collés, scotchés. Georges, bien plus âgé que ma mère, avait une petite boutique dans le Marais de livres anciens et d'objets en tout genre. Ils partaient tous les deux faire ce qu'ils appelaient « des adresses » dans les campagnes, dans les brocantes provinciales, les vide-greniers, et revendaient leurs trouvailles au magasin. Mona, sa femme, était, elle, bouquiniste sur les quais dans le Ve arrondissement. Ce trio original ne se séparait presque jamais. Déjeuners, dîners, matchs de rugby, vacances, voyages… Maman recevait ses clients et amis sur le bord du trottoir de la rue de l'Ave-Maria, un verre de vin rouge à la main. Ils s'installaient sur des chaises pliantes, un petit meuble à vendre en guise de table, et ils disputaient des parties de scrabble très animées devant les passants médusés. Cet homme a été bienveillant et généreux avec ma mère comme aucun autre. Un père spirituel, un ami fidèle. Un bout de famille aimante, reconstituée.

Il était arrivé, ce jour-là, avec un bouquet de fleurs sublime, et des chocolats. Comme pour minimiser la situation.

Ces instants faussement heureux, faussement vrais, nous portaient quelques heures. Nous jouions à la joie dans une comédie dramatique.

— Ah, il est venu le grand con ! Oui c'est toi le grand con, ne fais pas semblant de ne pas comprendre !

J'avais été surprise de l'agressivité de maman à son égard. Pourquoi le piquait-elle violemment, en lui lançant des attaques mesquines et assassines ? Lui, le vieil ami, le soutien de toujours. C'est très déstabilisant de ne pas reconnaître une personne que l'on aime. Car maman devenait méchante, parfois… Peut-être se permettait-elle de nous montrer sa pire face parce qu'au fond la provocation devenait un bouclier, prouvant qu'elle était en vie.

Le soir nous nous relayions, Julia et moi, pour dormir près d'elle. Elle se réveillait toutes les heures, car sa bouche la faisait souffrir horriblement. Il fallait se lever pour lui donner à boire, l'encourager à avaler, il fallait la caresser, lui parler, écouter péniblement les râles de vieux paysan malade qui sortaient de son petit corps frêle.

Une fin de matinée où ma tante Laurence était encore là, alors que nous avalions un café dans la cuisine sans pouvoir se dire un mot, les yeux fixés dans le vague, elle entreprit pour nous divertir de nous raconter comment maman avait un jour fait un pittoresque sketch à notre grand-père pour revenir en France alors qu'elle étudiait en Angleterre. Elle s'était enfermée dans une cabine téléphonique londonienne avec son amie et, au lieu de simplement demander de rentrer à Paris, elle avait essayé de convaincre son pater du cauchemar que ses hôtes lui faisaient vivre.

On lui donnait trop de toasts à la mie indigestes, elle les sentait pourrir dans son ventre et c'était atroce, une torture de l'abandonner dans ce pays. Nous étions tout ouïe comme des petites filles à qui l'on conte une histoire merveilleuse. Maman était en train de mourir et nous revivions des morceaux de sa jeunesse à travers Laurence. À seize ans, déjà, sa fantaisie la rendait unique aux yeux des autres.

Comme le soir où ma sœur m'avait organisé une fête surprise pour mes trente ans chez une de nos amies. Je jouais à l'époque au théâtre et étais arrivée après la représentation aux bras de mon amoureux du moment. Un garçon un peu bourru, du genre « j'ai du mal à sourire, je sens le bouc, je transpire la testostérone, je ne suis pas une gonzesse moi, mais j'ai un tel charme au naturel ». Un ours, que je trouvais irrésistible parce qu'il ne mordait pas assez à mon hameçon. Maman n'accrochait pas avec cet homme. Il est vrai qu'en ce temps, j'aimais « les compliqués ». L'affrontement étant ma seule référence, je m'ennuyais vite avec les jeunes gens équilibrés. J'avais besoin d'adversité. J'ai changé en prenant de l'âge, je suis, je crois, moins maso !

Caroline avait débarqué avec un de ses amis rugbymen. Une caricature de pub. Immense, le nez broyé, et la bonne tête du gentil gars qui va vous protéger des méchants. Évidemment, Julia et moi avions foncé dans la cuisine pouffer de rire, suivies par nos copines qui jouissaient des frasques de maman.

— Mes chéries, je vous présente Renaud, alors lui c'est un homme, un vrai, un grand sportif, intelligent, gentil. N'est-ce pas, Renaud ?

— …

— Ah, non ! Ne sois pas intimidé par mes filles, elles ont l'air superficiel, mais sont très chouettes. Vous allez voir, vous allez vous entendre comme des larrons en foire !

Nous étions restées bouche bée. Pour casser cette ambiance embarrassante, j'avais dit, apercevant une corne de bestiole immonde qui pendouillait le long du cou de ma mère :

— Qu'est-ce que c'est que ce truc encore ? Un porte-bonheur ?

— C'est ma corne de gazelle, oui c'est un talisman, et ça sent bon, tu ne peux pas savoir !

— Ah bon ! Ben, si ça vient d'Afrique, ça doit être odorant c'est sûr.

Je m'approchai pour regarder de plus près l'objet.

Effectivement, l'odeur qui se dégageait du bijou était très agréable.

— On dirait de l'ambre !

— Oui, mais non. C'est beaucoup plus rare. C'est même très rare. En fait c'est du foutre de cachalot !

Nous lâchâmes un rire contrit comme deux minettes crispées. Le rugbyman fit semblant de tousser pour cacher son embarras. Au moins, il se serait marré !

— Du foutre de cachalot, mais c'est immonde, maman !

— Mais pas du tout, tu n'y connais rien. Ça s'appelle de l'ambre gris. Les cachalots le régurgitent de leurs intestins et on le trouve sur la plage. C'est mon chaman qui me l'a offert. Je dois le porter 24 h/24. Bon, vous présentez Renaud à vos amis, je dois aller chercher Lisbeth.

Le rêve ! Nous étions coincées avec un rugbyman parachuté, alors que soixante-dix copains étaient venus fêter mon anniversaire ! Lui-même semblait très « coincé », mais pas pour les mêmes raisons ! Il ne savait plus où se poser le pauvre, il souriait bêtement en regardant ses pieds, babillant maladroitement quelques mots, gêné, et presque humilié d'être obligé de se vendre comme un jambon à l'os à deux Parisiennes qu'il ne connaissait pas et dont il se foutait, lui aussi.

Dans l'oreille, elle m'avait glissé :

— C'est un type extra, tu devrais faire l'effort de discuter avec lui. C'est tout de même plus gai que ton cafard ! Il est majestueux sur un stade, merveilleux dans la vie, et au dodo ma cocotte, au dodo… à mon avis ! Tu ne seras jamais malheureuse avec ce genre d'homme. Écoute-moi un peu pour une fois. Il te protégera, celui-là, je sais mieux que toi !

— Maman, je suis A-MOU-REU-SE d'un type qui est assis derrière toi ! Qu'est-ce que tu me fais là ? C'est la soirée de mes trente ans.

— S'il ne te plaît pas, il peut être pour ta sœur ! Elle rencontre toujours de ces branquignols elle aussi. Je te garantis qu'elle verrait la vie en rose. Bon, vous faites ce que vous voulez, en tout cas, on a fêté la victoire des XV de France la semaine dernière dans un pub à Saint-Germain ; il danse comme un dieu !

Maman avait filé en douce après avoir refait le monde avec Alain, mon meilleur ami, et réprimandé un pote qui fumait un joint !

— Tu te sens plus intelligent que les autres, Charly ? T'as l'impression de tutoyer les anges peut-être ? Elle est jolie la jeunesse…

Elle avait ensuite embrassé les soixante-dix personnes présentes, ayant un mot pour chacun d'eux, entretenant sa popularité de mère originale en nous laissant le « Renaud » sur les bras ! Nous lui avions offert un mojito, un bras de canapé, et l'avions collé près d'un copain qui aimait le ballon ovale. Il n'y avait plus que ça à faire !

— Allô, Françoise... Françoise, tu m'entends, c'est moi.

Je perçus indistinctement une voix qui venait du salon. Maman ne dormait pas comme nous l'imaginions, elle téléphonait en cachette. Elle chuchotait avec précaution. Je fis signe à ma sœur et à Laurence, ma tante, de continuer à parler pour ne pas éveiller ses soupçons et me dirigeai vers la porte entrouverte.

— Je ne peux pas parler fort, j'ai peur qu'elles m'écoutent... Il faut que tu viennes, vite, vite. Il se passe des trucs très étranges. Mes filles sont là, elles dorment chez moi, elles ne me quittent plus, elles veulent que je voie des médecins, des laboratoires, elles me surveillent, m'observent. Je fais comme si j'étais d'accord et heureuse, mais je crois qu'elles veulent me tuer, elles veulent que je leur laisse la place, que je crève...Tu m'avais promis de toujours m'aider, viens vite.

J'ai cru que j'allais tomber de douleur. Mon cœur s'est emballé, ma gorge s'est serrée, mes jambes se sont mises à trembler. J'ai eu envie de vomir mes tripes. J'ai tout de suite raconté avec une voix tordue ce que je venais d'entendre aux autres, et je suis allée pleurer sur le balcon filant de la cuisine, face à la tour Eiffel.

Qui était cette Françoise à qui ma mère se confiait avec autant d'intimité ? Faisait-elle partie des doux dingues qui avaient contribué à faire d'elle une petite femme fragile et désespérée, doublée d'une menteuse paranoïaque ? Était-elle une méchante sorcière qui l'avait convaincue, qui l'avait poussée à s'éloigner de nous, ses filles chéries ?

Le lendemain, j'attendis que maman s'endorme pour farfouiller dans ses papiers. Il y en avait partout ; des tas de dossiers, de lettres, de magazines divers allant des championnats de rugby au génocide des Indiens d'Amérique. De vieux sacs plastique bourrés de saloperies jonchaient le sol. J'espérais trouver des pistes. Je connaissais son contentement d'être « à côté des autres », de se sentir différente, et son obsession pathologique pour tout ce qui avait de près ou de loin attrait à l'ésotérisme, la magie et toutes ces conneries de falbalas.

Quand maman se réveilla, je fis semblant de mettre de l'ordre, de nettoyer, de faire du tri.

— Qu'as-tu à fouiner dans mes affaires ? Tu cherches quoi ? C'est ma maison ici, on ne touche à rien.

— Mais je ne fouille pas, maman, je range un peu. C'est tellement le bordel. Tu connais mon angoisse de Vierge, c'est maladif, il faut que ce soit net.

Je m'en sortis avec des pirouettes qui du temps de sa grandeur n'auraient pas fait le poids, mais elle était si faible qu'elle lâcha facilement le morceau.

Puis tout d'un coup, j'ouvris une chemise cartonnée cachée sous l'armoire, et là, ce fut comme si j'étais entrée dans la cage aux lions du trésor de Fort Boyard. La surprise : un paquet de lettres, lui étant destinées, écrites par une certaine Françoise ! Ah ! La voilà la mystérieuse, me dis-je, tout excitée d'être tombée sur le Graal. Mais à peine avais-je commencé à lire que je décelai un énorme schisme.

Cher petit ange,

Un ruban de roses aux parfums infinis, et l'une d'entre elles s'appelle Caroline.

Quel bonheur de t'avoir rencontrée, petite sœur de lumière.

Donne-moi ta main et écoutons ensemble la lyre du cosmos, harmonisant les cordes de l'âme.

Il faut prier pour remercier le ciel, et les êtres célestes de nous avoir réunies.

Petite Caroline du soleil, tu as tant d'amour en toi et si peu de personnes qui te comprennent. Laisse dire et fais comme tu l'entends.

Nettoyons en nous les écailles de notre passé, en partant sur l'échelle du temps qui nous conduit à l'amour unité.

Ouvrons notre cœur à ceux que les hommes ne voient pas, nous sommes si peu à savoir qui ils sont et où ils sont. C'est l'apanage de ceux qui œuvrent pour la Lumière. La solitude est une grâce, le facteur réel de notre croissance.

Pour mériter cette lumière, il faut participer au polissage du diamant à 140 000 facettes. Une myriade de baisers pour toi, pour te redonner confiance, tendrement et pour toujours dans la lumière,

Françoise

On y était, j'étais tombée chez les dingos, ou plutôt sur une des dingues que maman fréquentait à notre insu. Je pris discrètement la pochette cartonnée et m'installai dans l'ancienne chambre, le cul sur la moquette grise, pour dévorer la dizaine de saletés que je venais de trouver.

Je lus pendant deux heures ces écrits d'hurluberlu, essayant de comprendre comment maman, qui, il est vrai, avait toujours été attirée par l'impalpable, se reconnaissait dans ces délires parallèles. Je racontai à Julia et Laurence ce que je venais de découvrir et entrepris de faire une petite enquête.

Je me suis souvenue que quelques mois auparavant maman, qui depuis toujours s'invitait à nos anniversaires, et n'en aurait manqué un sous aucun prétexte, ne s'était pas rendue au grand week-end-fête que j'avais organisé en Normandie pour les quarante ans de mon homme. Jusqu'au dernier moment, je l'avais attendue pour la surprise, et j'avais vu débarquer Lisbeth, une de ses meilleures amies, seule et désolée. J'avais été vexée qu'elle me fasse faux bond. Et très surprise, car elle raffolait des grandes soirées avec nos amis, particulièrement lorsqu'il s'agissait de son gendre, à qui tout était permis ! « Ah ! Ce Simon, je l'adore. Heureusement que je lui ai dit de te sauter dessus ! Tu serais encore avec un couillon ! »

Le lundi suivant, je m'étais rendue chez elle, à l'improviste.

— Qu'est-ce que tu fais en bas de chez moi ?

— Je m'inquiète, maman, tu devrais être contente. Ouvre-moi.

— Quel culot ! Tu ne montes que deux minutes, je dormais.

Accueil merveilleusement chaleureux qui m'avait évidemment refroidie ! J'avais entendu en sortant de l'ascenseur, derrière la porte, des murmures et des bruits bizarres. Maman m'avait ouvert, désagréable, et m'avait répété que je l'avais réveillée et qu'on ne dérangeait pas les gens sans les prévenir. Ce à quoi j'avais rétorqué du tac au tac que j'avais été mal éduquée et que ce n'était pas ma faute. J'ai toujours pris ma mère de face. Il n'a jamais été possible d'user de diplomatie avec elle. C'était ma mère, et elle devait à mon sens, non pas être parfaite, mais honnête avec moi. C'était la moindre des choses, la moindre des preuves d'amour.

Ce jour-là, je lui ai donc immédiatement demandé pourquoi je venais d'entendre du bruit, des chuchotements, pourquoi elle me cachait encore sa vie. Je ne supportais plus de la surprendre comme une adolescente mentant pour brouiller les pistes, c'était une des raisons pour lesquelles notre relation était violente. J'avais besoin d'une histoire valable qui expliquerait son absence à l'anniversaire de mon mari. Elle avait bredouillé qu'elle avait mal au dos, qu'elle n'avait pas à répondre à mes questions de commandeur, qu'elle ne me devait rien, que je n'avais aucun droit de la juger, qu'elle était désolée, mais que son sommeil était bien plus important que le reste. Puis elle m'avait demandé de partir. J'avais très mal accepté cette réponse. Je l'avais vécue comme un petit abandon de plus. Cela renforçait le sentiment de démission que ma mère avait eu à mon égard depuis que j'étais enfant. Une dispute avait éclaté. J'étais venue, inquiète pour la millième fois, essayer de la comprendre et quelque part la disculper de son absence, et je me retrouvais encore et perpétuellement dans le rôle de l'emmerdeuse, la chieuse, la petite âme qui n'irait nulle part. Celle à qui on ne se confie même pas !

— Tu auras un caractère de « chienlit » à perpétuité. Ça, c'est le côté « côte d'Armor » !

J'aurais dû déceler ce jour-là son changement d'attitude. J'aurais dû évaluer sa fatigue physique. Je n'ai pas su voir, je me suis laissée entraîner par sa dénégation. J'étais enragée, elle avait encore appuyé sur les mauvais boutons, ceux qui font trop mal, ceux qui vous font tendre vers l'hystérie. Je hurlais comme une hyène dans l'appartement. Ma vue se troublait de larmes, nous étions comme deux sorcières en guerre, quand soudain ma mère a aboyé un « NON » immesurable ! Et j'ai vu apparaître, cachée derrière la porte du salon, une dame blonde, à l'air plutôt sympathique et à l'allure provinciale.

— Qui êtes-vous ? lui ai-je crié.

— Arrêtez, Zélie, s'il vous plaît, arrêtez, votre maman n'a pas besoin de ça !

— Pardon ! Madame, je ne vous connais pas, je ne sais pas ce que vous faisiez cachée comme une gamine derrière cette porte et je ne vous permets pas de me donner un ordre. Qui êtes-vous ?

Je me suis retournée vers ma mère, avec un regard interrogatif. Une fois de plus, on était dans le mystère, le secret.

— Non, Caroline, ne lui réponds pas, ça suffit, ton état nécessite du repos, ne t'énerve pas je t'en supplie, tu dois penser à toi. (Puis, elle m'interpella :) Zélie, je sais qui vous êtes parce que votre maman me parle beaucoup de vous et de Julia, et malgré ce que vous pensez, je vous connais, je vous connais bien. Je suis une amie, je suis là pour l'aider.

— Mais l'aider à quoi ? C'est quoi ce délire ? J'ai une conversation privée avec ma mère et vous n'avez pas à intervenir en sortant du trou de la serrure ! Je vous répète que je ne vous connais pas, je ne sais pas ce que vous faites ici, et je suis très gênée que vous vous trouviez entre nous.

Ma mère intervint :

— Bon, maintenant, tu t'en vas, Zélie, tu me laisses tranquille. Françoise, dis-lui de partir, s'il te plaît, j'en peux plus, je me sens mal, je t'en supplie, je t'en supplie.

J'étais habituée à ce que maman ne prenne pas ma défense, à ce qu'elle ne me préserve pas. Mais là, c'était le pompon ; la haute trahison !

— Votre mère est épuisée. Je viens d'aller lui acheter un nouveau réfrigérateur, car elle ne peut même pas se déplacer. Ne lui en voulez pas de ne pas être venue l'autre soir, elle est ravagée par la fatigue et a réellement besoin de calme et de repos.

— Écoutez, madame Machin, je sais un peu mieux que vous qui est ma mère, quelle a été sa vie et ce dont elle a besoin. Je vois bien qu'elle est au bout de la fatigue, et si elle me l'avait demandé, je serais allée lui acheter un réfrigérateur parce que je suis SA fille et que JE l'aime ; ne vous mêlez pas de notre discussion, et ne m'expliquez pas comme à une vulgaire infirmière comment je dois me comporter avec elle.

— Mais vous ne sentez pas les ondes négatives qui essayent de l'achever ? Vous ne percevez pas la mauvaise énergie ?

À ce jugement trop intrusif, j'ai « pété » un plomb. Lui intimant l'ordre de ne plus m'adresser la parole, et, tout en m'excusant d'être agressive (car si je ne m'excuse pas huit fois par jour, je suis au bord du malaise vagal !) j'ai embrassé maman et suis partie fracturée, impuissante face à ces deux illuminées.

C'était elle la fameuse Françoise, ça m'est revenu comme un boomerang. Espèce de fada qui a profité de la candeur, de la souffrance et, disons-le aussi, de la connerie de ma mère pour l'entourlouper un peu plus. Dans les lettres, elle semblait répondre à de multiples questions qui obsédaient maman : qui sont ses filles ? Pourquoi est-elle persécutée par le monde entier y compris par les impôts ? Comment pouvait-elle aider les pauvres choses que nous étions tous à trouver la voie de la sagesse grâce à ses dons de médiumnité ? Car Caroline se croyait medium ! Cette femme lui expliquait également que Julia et moi prenions un chemin de vie foireux, tourné vers l'ego, l'argent, la vanité. Bref, maman avait engendré des cagoles spirituellement proches de la praire moisie. Les membres de notre famille étaient eux-mêmes des pauvres êtres qu'il fallait sauver à tout prix, une partie de ses amis des profiteurs néfastes et elle ne pouvait compter que sur les créatures célestes de lumière dont elle faisait partie. Quant à Mimi et grand-papa, tous les deux décédés, ils étaient d'accord avec tout ce que cette dame pensait, puisqu'elle discutait régulièrement avec eux et ils lui conseillaient d'ailleurs vivement d'aider maman à trouver la vérité.

Tout le monde savait que maman voguait entre ciel et terre. Sa curiosité pour les voix mystérieuses était née à cause de ma grand-mère qui fréquentait voyants et cartomanciennes pour soulager ses peines. Grand-papa, lui, prenait le pouls auprès d'elles pour les soirs de première avec beaucoup plus de distance, presque par amusement, comme un enfant (les artistes n'existent que dans le doute et sont gourmands de mots rassurants), mais c'était une autre époque ! Maman n'avait pas su faire la part des choses. Au lieu de survoler ces croyances, de s'en amuser, elle s'y était enfoncée, comme dans de la mélasse, jusqu'au cou. Se cacher derrière des bonnes nouvelles illusoires de fées de supermarché en pensant atteindre la spiritualité suprême, c'est épouvantablement immature et dangereux. Ça fait rigoler les copains, mais pleurer les familles. Cette population d'acariens, au fil du temps, l'a entraînée dans ce gouffre de l'infiniment seule, ce trou béant où elle se pensait la plus forte.

Nous avons décidé de ne pas lui dire que je l'avais surprise au téléphone. Nous avons décidé que maman était vraiment très atteinte et qu'il fallait avant tout la protéger de ces parasites même si malheureusement l'effet du poison était irréversible. Nous avons décidé que nous devions sauver ce qui était « sauvable » et faire comme si rien n'avait existé. Pas de règlement de compte. De la joie, des sourires, des câlins, des plaisirs, des baisers, pour une fin qui approchait au galop.

Mais ces affreux que je maudis, que je vomis, ceux que je tiens pour les plus responsables, car ils t'ont pervertie, petite mère. Les hurluberlus de la voyance, les médiums, les magnétiseurs, les filles de Jésus nées sur Neptune qui traversent la voie céleste de mon cul. Les magiciens qui enlèvent les tumeurs en trois minutes sans opération, avec les doigts, dans des caves aux Philippines, les vendeurs de pierres et de talismans qui font du bien au mal. Ceux qui t'ont fait croire à toi, petite chose, qu'ils allaient t'aider à retrouver l'amour, à sauver ta mère, à parler à ton défunt père ; ceux qui jugeaient tes filles sans les avoir jamais rencontrées ; ceux qui t'ont promis le paradis, la grâce, la santé, le bonheur éternel. Ceux-là, ils paieront un jour, maman. Je te le jure, s'il y a vraiment un Dieu.

Dans ma course folle et quotidienne auprès de ma mère, j'avais oublié que je devais tourner un film en Belgique et que mon départ devenait imminent. Par chance, Simon en était un des producteurs et je lui avais dit qu'il fallait annuler ma participation et me remplacer au plus vite. Il me l'avait déconseillé, persuadé que je devais à tout prix rester dans l'action, dans la vie. Pas d'anticipation, au contraire j'avais besoin de présent, de recul, cela me permettrait de gérer ce qui nous tombait sur la tête, d'être plus combative et de ne pas perturber l'équilibre de notre fils. Il s'était arrangé pour que je ne tourne que quatre jours au lieu de dix. Julia, mon père et la chaîne solidaire que nous avions mise en place feraient le reste le temps de mon absence. Pour maman, c'était parfait, mon départ lui a donné le sentiment que tout était normal, que rien de si grave ne lui arrivait.

Je suis partie pour Bruxelles, le téléphone greffé à l'oreille, de jour comme de nuit, même pendant les prises du film. J'étais devenue une angoisse neuropsychiatrique des pieds à la tête. Sursautant à chaque sonnerie de portable, à chaque petite nouvelle, si anodine soit-elle. Je ne sais pas comment j'ai joué avec mes partenaires, comment j'ai mangé et ri à la cantine, et surtout, comment je n'ai pas éclaté en sanglots. Quelques montées de larmes, juste le temps de lâcher ma détresse et de ressentir dans les regards affectueux qui me choyaient, que j'étais une fille courageuse. Rares sont les moments où les gens acceptent volontiers votre douleur. Ils n'aiment pas le malheur des autres, les autres. Mais s'il y a bien une situation où l'on se retient de juger une geignarde, c'est celle-là.

J'appelai Julia toutes les demi-heures. « Comment va-t-elle ? Est-ce qu'elle mange un peu ? Sa bouche la fait-elle moins souffrir ? As-tu prévenu untel ? As-tu trouvé le numéro du chiropracteur qu'elle veut absolument voir ? Lui as-tu acheté son bicarbonate, sa tisane qui pue et ses fruits secs à l'épicerie Izraël ?... »

Mon temps était réglé sur celui de maman, son petit reste de vie qui se consumait. Je n'avais qu'une peur, qu'une angoisse qui m'étranglait : que ma mère meure pendant ces quatre jours d'absence.

Soudain, le coup de fil que je redoutais tant.

— Zélie, j'ai contacté un laboratoire pour faire des analyses poussées de sa bouche, le type vient de me rappeler, et je dois transporter maman d'urgence à l'hôpital, elle risque de mourir ce soir ! Elle n'a plus de sang dans le corps, le laborantin a halluciné lorsqu'il a reçu les résultats. En fait, ce n'était pas une mycose, mais une mucite. C'est une infection des muqueuses qui se développe souvent après un traitement de chimiothérapie ou de radiothérapie, mais dans son cas, elle n'a plus de globules blancs donc plus d'immunité, et ça pète de partout. Elle a deux grammes trois d'hémoglobine alors qu'un vieillard en a dix et quelqu'un de notre âge entre douze et quinze. Si on ne la transfuse pas dans les heures qui suivent, son cerveau va se désoxygéner et elle va partir. C'est l'horreur, elle ne veut rien entendre, elle vient de me dire que j'étais un monstre de l'emmener chez les salauds de médecins qui tuent… C'est le cauchemar, Zélie, il faut que tu arrives vite, je ne veux pas être seule, je ne sais pas ce qui va se passer, je flippe. Je t'aime ma sœur, je t'aime…

Julia, soutenue par mon amie Mahaut, transporta notre mère à l'hôpital Cochin, dans le service des soins intensifs. Dans la voiture qui m'emmenait vers Paris, j'étais comme emprisonnée dans mon corps. Le silence, seul, m'aidait à ne pas déclarer une attaque de panique aiguë. Je tentais de respirer doucement par le ventre comme me l'avaient appris Madame C et le docteur Z.

Je repensais à ce voyage quelques années plus tôt où maman, contrite dans l'Eurostar, gesticulait comme un clown ayant attiré l'attention de tous les voyageurs. Le tunnel la stressait et lui bouchait les oreilles. J'avais une fois de plus eu honte, mais les amies qui nous accompagnaient riaient tellement de ses pitreries que leur joie m'avait détendue. Nous allions toutes à l'anniversaire de Julia que nous fêtions à Londres, bien avant qu'elle ne s'y installe. Elle avait quelques semaines auparavant rencontré Marcus, un beau Suédois qui habitait la capitale anglaise depuis quinze ans. Elle en était tombée amoureuse. Elle se demandait comment le revoir. Comme les plus vieux amis de Julia, Niousha et Charles, y résidaient également, j'avais trouvé l'idée de téléporter toutes ses copines dans un restaurant branché, « Le bambou », et d'y convier son Viking pour son birthday informel puisque nous étions (par hasard !) sur son territoire.

Une fois tous installés à table, maman s'était levée et placée debout derrière le Suédois qui non seulement ne nous connaissait pas, mais n'avait même pas encore effleuré l'auriculaire de ma petite sœur. Puis, elle avait sorti son pendule, l'avait disposé au-dessus de sa tête, prenant l'air concentré d'une diseuse de bonne aventure et, surexcitée, l'avait fait tournoyer pendant une bonne minute en opinant positivement de la tête pour nous rassurer sur leur future bonne relation. La tablée pleurait de rire en tentant de faire diversion, continuant à discuter pour alimenter un sujet absurde avec Marcus, le temps que le numéro de dingue soit terminé, en évitant à maman de passer pour une folle et à Julia de se prendre une porte blindée en guise de râteau.

J'ai rejoint ma sœur à l'hôpital où elle m'attendait dans un cagibi d'entre deux pièces. Les visites étaient interdites depuis de longues heures, mais en restant dans les locaux, Julia avait l'impression de dormir avec maman et de ne pas la trahir.

Nous sommes rentrées chez moi. La maison ronflait, excepté Momo, son chien. Il attendait sans doute que nous lui apportions une bonne nouvelle. C'était raté, on n'avait que de la poisse à lui offrir. Le lendemain, à l'aube, Julia et moi sommes parties main dans la main comme lorsque nous étions petites et que j'avais la responsabilité de la protéger. Non pas vers l'école de notre enfance, mais vers celle de la témérité, d'une des épreuves de notre vie. Après un enfilage strict des uniformes de soins intensifs, charlotte, blouse et chaussons en papier bleu, nous avons pénétré dans la Cour des Miracles. Des accidentés de la route, des AVC, des balles perdues. Et maman qui dormait, engluée dans sa bave, toute fébrile, toute petite, tout ce qu'on veut, sauf elle.

En discutant avec le médecin qui venait de recevoir les résultats de ses examens, nous avons appris qu'elle avait un rein mort et le deuxième en très mauvais état. Il ne fonctionnait plus qu'à 5 %. L'aigreur de l'odeur âpre qui nous avait tant troublées et inquiétées se dévoilait enfin. Le cancer de l'utérus avait grignoté son ventre, et les fonctions vitales de beaucoup d'organes étaient touchées. Plus de sang, plus de reins, une occlusion intestinale, des métastases en pagaille, et une tumeur de la taille d'une grosse pomme dans le bas-ventre. Une grosse pomme ! Pas la belle américaine que je venais de quitter quelques jours auparavant ! Il était vital pour gagner du temps de la transfuser une seconde fois et de la dialyser régulièrement. Elle aurait une poche pipi pour le reste de ses jours et, pour s'alimenter et lui redonner trois vitamines élémentaires, nous devions accepter une opération, consistant à lui installer un genre de perfusion haute couture avec quatre ou cinq becs qui lui balancerait plein de mixtures différentes en même temps.

Lorsque nous avons, avec une diplomatie admirable, essayé de la convaincre de se laisser opérer, le peu d'énergie et de sève qui lui restait a jailli comme le Vésuve en crise.

— Donc, je ne me trompais pas, vous voulez vraiment que je crève, ici, avec les inquisiteurs de la mort. Je refuse toutes opérations, c'est clair ? Je veux rentrer chez moi, je vais bien, j'ai besoin de me reposer dans un environnement calme, qui me rassure, et là, vous faites exactement le contraire. Pourquoi ? Pourquoi faites-vous ça, les filles ?

— Maman, tu penses sincèrement, alors qu'on ne te quitte pas depuis une semaine, qu'on veut que tu disparaisses ? Tu nous épuises à toujours voir le mal partout et à ne pas nous donner ta confiance. Tu n'as pas le choix, tu es malade, dans un état grave, et tu dois accepter qu'on te pose ce cathéter.

— Ah. Zélie, l'oracle… Ainsi parlait Zarazélie ! Zélie a décidé, alors Zélie a raison ! Mais je sais encore qui je suis, et je sais ce que je veux, et je ne veux pas qu'on me touche. Vous ne voyez pas qu'ils risquent de me rater comme ils ont tué papa et maman. Ils sont nuls tous ces universitaires. Je ne veux pas qu'on me fasse mourir contre mon gré !

J'ai hésité trois secondes, elle était tellement à l'ouest, je ne voulais pas la traumatiser. Puis j'ai compris que rien ne la ferait changer d'avis, alors, j'ai énoncé avec discernement :

— Tu n'as plus de reins, tu n'as plus de sang, et tu as donc besoin de traitements, sinon, tu ne sortiras jamais d'ici. Tu es aux soins intensifs, maman, pas à l'infirmerie de l'école, putain de merde. Tu veux que je prenne une photo de la tronche des gens qui sont dans les autres chambres ? Ou est-ce que tu préfères que ce soit le « connard » de docteur comme tu dis qui t'explique dans quel service tu te trouves ?

Un silence, un regard, dur, sec, presque étranger.

— Tu ne me parles pas sur ce ton ; je suis ta mère, tu me dois le respect. Oh ! Ça ne va pas se passer comme ça. Quand je vais sortir, tu vas voir !

Nous sommes allées suçoter un pauvre sandwich, fumer 4 700 cigarettes et sommes revenues, avec encore un feu follet de détermination pour qu'elle nous entende. Sa grande amie Lisbeth et sa sœur radiologue sont passées, nous écouter, nous consoler, essayant à leur tour de trouver les mots justes et rassurants pour que maman comprenne que nous nous battions pour elle et pas contre elle. Julia était partie à la recherche du chirurgien pour lui expliquer les particularités de maman et s'excuser pour elle, car elle l'avait paraît-il insulté la veille lorsqu'elle s'était retrouvée seule dans sa drôle et triste chambre. Apparemment, il n'avait pas été très patient avec sa patiente ce monsieur, arguant qu'il avait une famille, un dîner qui l'attendait et pas le temps de gérer des cinglés qui ne voulaient pas être soignés.

Ma sœur, qui lorsqu'elle est habitée par un sentiment d'injustice peut muter en méchante des 101 Dalmatiens, « Cruella d'enfer », et devenir rouge Saint Laurent, lui a répondu si vite en avalant ses mots, que je crois qu'elle lui a fait peur.

— Je comprends, monsieur, que vous ayez d'autres chats à fouetter et que votre femme ainsi que vos douze enfants vous attendent pour dîner, mais là, vous voyez, on parle d'une dame qui est ma mère, et qui va mourir ! Alors votre poulet dans le four, je m'en contretape, je trouve que vous êtes un gros plouc doublé d'un gros con et d'un très mauvais praticien ! Vous n'avez peut-être plus peur de rien, mais comprenez que lorsqu'on entre dans ce service où 80 % des gens décanillent, on puisse péter de trouille. Vous n'allez pas la laisser agoniser dans d'atroces douleurs, on est d'accord ? Alors laissez-nous encore un peu de temps pour la convaincre.

Le type, séché, avait fini par comprendre que perdre ses nerfs devant des gens qui perdaient leur proche n'était pas très finaud.

Maman a accepté l'opération, car nous l'avons minimisée en prétextant que cela durerait dix minutes et que nous ne la quitterions pas.

Depuis que Caroline était sortie des soins intensifs, la vie semblait reprendre son cours dans une forme de normalité, un peu étrange, mais moins violente à vivre. Maman avait été plusieurs fois transfusée, dialysée, et toutes les substances que son cathéter « pieuvre » lui refilait avaient l'air de lui redonner des forces. Des couleurs surtout. Elle avait retrouvé un teint sensiblement pigmenté, moins vert, et malgré des réactions ralenties, son grand sourire espiègle recommençait à nous faire marrer, mais la maladie, sournoise et menteuse comme la pire des pestes, réapparaissait subtilement, nous prévenant qu'il ne fallait pas espérer.

Une après-midi, mon fils et ma nièce Rose avaient préparé un spectacle pour leur grand-mère. Ils interprétaient une chanson enfantine américaine, « *The wheels on the bus go round and round* », que l'on peut décliner à l'infini. Maman avait chanté avec eux pendant quinze grosses minutes puis s'était endormie d'un coup, comme littéralement écrasée par un chameau. Elle avait rouvert les yeux quelques minutes plus tard et repris le cours de la chanson comme si de rien n'était.

Un autre jour, alors qu'elle venait d'offrir sa première montre à mon petit garçon, qu'elle m'avait demandé de lui acheter, elle lui avait pris la main :

— Toi tu es mon fils, mon amour et mon mari !

J'avais immédiatement répliqué en direction de ma sœur :

— Ah ! Tu vois Julia, on apprend quelque chose d'intéressant là ! Et moi je suis quoi alors si mon fils est ton fils et ton mari ?

Avec une gourmandise coquine, elle m'avait répondu en regardant vers le ciel :

— Toi ? Tu es mon petit chien des étoiles.

— Mais bien sûr, maman, je te prie de m'excuser, j'avais complètement oublié que j'étais un animal ! Et Julia, elle est qui, quoi ? Une crevette ?

Balthazar, quatre ans à l'époque, avait hurlé de rire.

— Moi je t'aime Mamen, et tu es mon gros chien.

— Oh oui alors, je suis ton chien, mon loupiot ; je suis ton gros chat, je suis tout ce que tu voudras que je sois, mais n'oublie pas qu'avant tout, c'est moi ta grand-mère.

Puis elle avait repris :

— Non Julia n'est pas une crevette, Julia… (Elle s'était arrêtée, pensive :) Julia… c'est une réflexion.

Les enfants viennent encore demain, n'est-ce pas ? Je ne veux pas être seule ici, c'est trop laid ce jaune pisse sale sur les murs, ça me fout le cafard.

Ma sœur repartait tous les trois jours pour Londres où sa jeune entreprise avait besoin d'elle, et je passais donc mes matinées, après-midi et soirées au chevet de maman. Ses amies débarquaient à l'improviste. Paola, la sublime Italienne rencontrée à Dakar, qui venait de Suisse toutes les semaines les bras chargés de chocolats et d'accent chantant, Lisbeth et Véro, les amies de la petite enfance. Dodo, la douce complice des soirées parisiennes, partageant avec elle son amour pour les anges et, bien sûr, ses camarades de grandes voltiges, sa bande de copines « Zinzin », les accros de la quête céleste du bonheur et de la sagesse.

Elles gâtaient leur copine, lui faisant la lecture du dernier article sur le chaman « bidule » qui venait de passer à Paris, sur Mother Mira, une Indienne incroyable qui d'un regard apportait le bien-être recherché. Maman se laissait masser comme une poupée. On l'imbibait d'huiles essentielles de toutes sortes qui faisaient repartir la circulation, guérissaient la méchante « boule », ramollissaient les escarres. Maman restait dans sa vie décalée par leur biais et jubilait d'être le centre du monde. Aucune d'elles, et c'est bien normal, n'était présente du matin au soir. Moi, je n'avais plus ma vie. Je ne voyais plus mon homme, mon petit garçon, mes amis. Je n'allais plus aux rendez-vous de boulot, aux dîners, chez le dentiste. Je ne faisais plus les courses sauf lorsque c'était pour maman ; je ne riais plus non plus ; je dormais mal, je maigrissais et pleurais beaucoup.

Je savais que ce n'était qu'une parenthèse mal enchantée, j'en connaissais l'inexorable et dramatique finalité. Je rêvais qu'elle s'arrête vite, qu'elle me délivre de ce fardeau. J'aurais aimé me réveiller en sueur, en larmes, j'aurais aimé que le cours de mon existence reprenne ses habitudes, même les plus ennuyeuses, que cette torture carnassière me laisse tranquille. Et paradoxalement, je priais pour que cette merde de bout de vie se prolonge longtemps, indéfiniment, pour que maman ne meure pas… pas maintenant.

J'ai été confrontée à tout ce que je pensais ne jamais voir ni entendre. Ce sont toujours « les autres » qui vivent des atrocités. Pas moi, pas nous. J'ai aimé croire que je perdrais mes parents très âgés, que je les veillerais, soutenue par une grande smala aimante dans la jolie chambre d'une sublime maison familiale, leur tenant la main pour les rassurer, leur chuchotant des mots d'amour pendant que la faucheuse les tirerait avec douceur vers un futur nouveau monde apaisant. J'aurais désiré croire en Dieu à nouveau, pour être certaine que je ne serais plus jamais seule.

Non, maman, cinquante-huit ans, jolie petite belette, drôle petit pinson, petit animal vif, va mourir d'un cancer de l'utérus, dans les jours qui viennent, le visage flétri et rongé par la maladie, le corps décharné, la souffrance et la peur au ventre, ventre le pauvre en phase de décomposition avancée. Des milliers de morts chaque seconde sur la planète pour des milliers de nouveau-nés au même instant. Elle allait faire partie des cadavres.

Les couloirs de Cochin sont froids et impersonnels, les soignants adorables et rodés à l'inquiétude des familles. C'est une petite ville où grouillent des marionnettes dont les fils connaissent les gestes par cœur. Je suis seule avec elle, elle a mal. Je soulève le drap pour la repositionner, car les escarres pointent leur nez, et je découvre qu'elle baigne dans une mer de sang. Je me retiens de hurler, je prends sur moi, je lui dis de ne pas bouger, qu'elle fait une toute petite hémorragie de rien du tout, et que je vais chercher quelqu'un. Je reviens avec un bel infirmier des îles, prévenant, à l'écoute. Il constate les dégâts et repart, paniqué, je l'ai vu. Il court chercher la chef de service. Je rassure ma petite mère qui commence à s'affoler elle aussi. Je l'embrasse, lui raconte n'importe quoi pour la divertir, je lui fais un shampoing sec, la recoiffe, lui mets du mascara. Je fais diversion avec un calme olympien alors que je me liquéfie. Papa est reparti pour Nice, Julia pour Londres, Simon est en Belgique. Putain de merde, elle ne va pas partir maintenant, soudainement, violemment, dans mes petits bras tremblants ?

La gynécologue chuchote au personnel de faire vite et déguerpit. Je n'ai même pas le temps de demander ce qu'il se passe, on me pousse hors de la chambre, et je vois des personnes en tabliers et gants de plastique débouler comme des engins de courses et me claquer la porte au nez.

— Mais si ma mère est toute seule avec vous, elle va flipper comme une dingue. Il faut lui parler, lui expliquer, la rassurer, ai-je murmuré, seule, face à la porte.

Je ne pouvais pas téléphoner, je ne pouvais pas fumer, je ne pouvais pas mugir de rage et de chagrin dans un hôpital ; je devais attendre derrière cette lourde de merde, aux marques multiples de doigts crasseux qui avaient précédé les miens. Quelques minutes infinies de râles plus loin, je glanais des bouts de phrases, des mots.

— Ça va bien se passer, madame. Arrêtez de bouger. On n'a pas d'autres solutions, madame… Respirez profondément… Essayez de vous détendre…

Je perdais patience : j'aimerais vous y voir à sa place ! grommelais-je. Quand a retenti un immense cri, un hurlement venant des tréfonds de la douleur, un rugissement d'animal qu'on égorge que je n'avais jamais entendu dans la vraie vie, même dans un film où l'on torture de la pire des manières. Je ne me suis pas maîtrisée et suis entrée dans la chambre de toute ma puissance. Dans un ralenti où le son n'existait plus, j'ai vu les trois infirmiers se tourner vers moi, me prendre par le bras pour m'éloigner de la vision d'horreur que je découvrais. Maman était en position d'accouchement, elle pissait le sang. Le sang qu'on lui avait transfusé quelques jours plus tôt. Ces pauvres bougres (devant qui je m'agenouille de reconnaissance, pour leur professionnalisme et leur dévouement) essayaient tant bien que mal de stopper l'hémorragie en lui glissant un énorme tuyau d'eau gelée au fond du vagin.

— Zélie, Zélie, je t'en supplie, dis-leur d'arrêter, je ne peux pas, je n'ai jamais eu mal comme ça de ma vie, je vais m'évanouir, j'ai peur, je ne peux pas, Zélie, je ne supporte pas.

— Est-ce que je peux essayer de la calmer s'il vous plaît, parce que là, je la connais, vous n'y arriverez pas.

Je ne sais pas pourquoi une situation barbare, intolérable, est malgré tout vivable, puisque je l'ai vécue. Je ne sais pas pourquoi, moi, qui n'assure pas devant un asticot dans une pomme, j'ai su aborder calmement cette scène de boucherie. Je ne sais pas pourquoi j'ai attaché un tablier autour de ma taille, ni comment j'ai fait ces gestes avec une précision d'orfèvre, délicatement. Les mots ont dû être justes, maman s'est laissé faire, rassurée.

— Pardon chérie, pardon, pardon. Tu vas voir mon pompon, mais toi, je sais que tu ne me feras pas mal.

— Je m'en fous de ton pompon, maman, j'ai le même, ne t'inquiète pas, on va le faire ensemble, tout doucement. Mais, maintenant, il est important que tu me fasses confiance.

— J'ai reçu un message de Zoé. Il faut la rappeler, lui dire que je suis un peu trop dans le « Diguedigue » en ce moment pour discuter mais que je l'aime.

Notre petite sœur Zoé est une voyageuse. Elle est la fille de Carole, une Bruxelloise qui, passionnée par notre chère patrie, lui a offert ses services pour le compte du ministère de la Culture. Papa l'a rencontrée à Dakar peu après que nous sommes parties. Délaissé, il était tombé amoureux de cette femme, globe-trotteuse, qui sillonnait l'Afrique de l'Ouest. Carole ne pouvait pas avoir d'enfant, mais en a attendu un et papa, vingt-huit ans au compteur à l'époque, se retrouvait dans une situation, certes miraculeuse pour elle, mais ô combien compliquée et lourde de conséquences pour lui. Nous n'avons appris l'existence de notre petite sœur que très tard.

Je devais avoir seize ans, maman était venue nous chercher à Orly où nous revenions de Nice après des vacances chez notre père. Nous roulions sur l'autoroute vers Paris, et notre syndrome d'abandon était en pleine action ; nous pleurions silencieusement dans le combi Volkswagen orange qui nous avait tant fait honte devant les copains du collège ! Quitter les membres de notre famille était toujours un supplice, nous avions trop été balourdées petites et papa que nous n'allions pas revoir pendant des mois nous manquait déjà terriblement. Maman, qui de son côté se réjouissait de retrouver sa progéniture, prit la mouche.

— C'est agréable dites donc, je pense à vous chaque seconde depuis des semaines et comme récompense, j'ai deux veuves en lamentations ! Et qui font la gueule en plus !

— Mais maman, ne le prends pas mal, on est juste mélancolique, tu sais bien que c'est dur pour nous de quitter papa.

— Vous venez de passer plus d'un mois avec lui, vous devriez être rassasiées.

— Mais, pourquoi tu t'énerves toujours quand on parle de papa, on est triste c'est tout ; et puis, c'est de ta faute, si tu ne l'avais pas quitté, on n'en serait pas là !

— Ah voilà… les reproches… Ce qui est merveilleux avec votre père, c'est que moins il en fait et plus vous l'aimez. Merde à la fin, qui s'emmerde pour que vous ayez les dernières fringues à la mode ? Pour vous offrir les bonnes écoles, les étés au Cap Ferret, et les hivers à Villars-sur-Ollon ? Vous pouvez inviter vos copines tous les week-ends à Montfort ? Je vous laisse bouffer des saloperies avant de dîner, regarder *Fantômas* le dimanche soir jusqu'à 10 heures et demie avec un Macdo et un milkshake ? Et je suis la mère dragon alors que « le pauvre petit papa chéri » est tout seul…

Nous avions répondu en chœur sans balbutiements et en occultant la peine que nous allions lui faire.

— Ben, c'est pas vrai ce que tu dis, c'est Mimi et grand-papa qui payent tout, ce ne sont pas tes maisons, toi tu n'as jamais d'argent !

Les mômes sont parfois atrocement injustes. Mais le dicton est souvent vrai : « La vérité sort de la bouche des enfants ! » Nous n'avons réalisé qu'une fois adultes les sacrifices que maman avait faits pour nous, et la difficulté qu'entraînait son rôle de jeune mère. Profondément blessée, attaquée dans son rôle de poule par ses poussins, elle avait lâché une météorite dans un cri de larmes :

— Eh bien, il est tellement parfait votre père que vous avez une demi-sœur !

— …

— Ah ! Vous chouinez moins là !

Maman devait encore raconter des conneries pour avoir le dernier mot, nous la trouvions pathétique d'en arriver là pour gagner la partie !

J'ai regardé Julia, estomaquée par cette révélation et nous n'avons plus posé de questions jusqu'à notre arrivée aux Invalides où nous attendait notre grand-mère. Après ce choc, nous avons décidé de dormir ensemble, collées comme deux aimants. Lorsque la vie nous égratigne, nous passons en mode « glu » ! Nous avons eu une discussion passionnée au fond de notre lit, nos pieds glacés entremêlés, nous avons évalué le mensonge de papa et la trahison de maman et sans réponses à certaines interrogations, nous avons conclu qu'il fallait parler à Amy, notre belle-mère, car elle serait moins dans l'affect de cette mystérieuse cadette.

Les premiers contacts avec Carole, puis la rencontre avec Zoé, se firent dans un restaurant du Marais, où, fébriles, nous attendions notre impensable destinée devant un Coca light sans glaçons. Elle est entrée sagement, toute menue, de longs cheveux châtain, des yeux bruns un peu bridés : « la gueule de papa » ! C'était vraiment bizarre de nous retrouver face à la tronche de notre père, mais en adolescente !

— Elle lui ressemble plus que nous, c'est dingue, elle a la même couleur d'yeux, de cheveux et la même bouche ! ai-je chuchoté, dans l'oreille de Julia.

Zoé nous a observées, souriante et curieuse, n'a pas posé trop de questions, nous avons juste appris qu'elle était née le même jour que Bonne maman notre grand-mère commune et qu'elle avait chopé la même maladie des hanches, un vieux truc de Breton. Elle nous a serrées dans ses bras sur le trottoir, nous promettant de nous revoir très vite, le plus vite possible. Puis, un rendez-vous fut pris Aux Deux

Magots pour l'ultime rencontre avec son géniteur. Nous n'y étions pas, mais les deux protagonistes nous ont raconté qu'ils s'étaient reconnus dans la seconde sous cette véranda vitrée face à l'église de Saint-Germain et qu'ils avaient pleuré, encerclés par leurs vingt bras maladroits durant plusieurs minutes avant de pouvoir prononcer un mot.

Zoé s'est avérée être une jeune fille posée, taiseuse, et très bonne élève, équilibrée malgré son manque de paternel. Pile-poil l'inverse de ses sœurs ! Mais un point commun est ressorti tout de suite. Sa famille belge n'a jamais compris d'ailleurs d'où lui venait cette extravagante qualité ou ce pathétique défaut. L'humour noir… Papa, Julia, Zoé et moi passions et passons encore notre temps à blaguer, taquiner, plaisanter, asticoter tout le monde. Avec, dans nos bons jours, des envolées lyriques parfois limites, qui nous épuisent de rire, laissant nos voisins pantois, sur le bord de la route. Les rois de la vanne… Cela énervait déjà notre mère, et cela énerve toujours Amy, notre belle-mère, qui a le sentiment de ne pas faire partie du club des quatre. Henri et ses filles !

Nous ne nous sommes jamais quittés depuis, malgré les choix de vie de Zoé qui a contracté la pathologie de sa mère : habiter loin de la France. L'Inde, le Chili, l'Espagne, la Pologne et maintenant le Mexique où elle travaille dans les énergies renouvelables et l'urbanisme. Elle a rencontré Benjamin, un expatrié qui se formait à l'Ambassade de France pour aider les entreprises françaises à s'implanter à

Santiago, et depuis ils se suivent comme des aimants. Cette équipe parle quatre langues, résiste autant à la vodka qu'au Mezcal et a pondu un escargot qui répète sans cesse « Te quiero amigos ».

Maman avait rejeté l'idée que mon père puisse avoir des enfants avec une autre femme qu'elle. Elle resterait la mère des siens, la seule. Elle garderait cette place qu'aucune autre n'avait prise et ne prendrait jamais. Je crois qu'elle a longtemps fantasmé que Zoé n'existait pas, qu'elle resterait cachée dans son coin avec sa Belge de mère, que papa n'aurait pas le courage d'affronter « l'enfant accidentel », un nouveau destin, de nouveaux problèmes.

Mais le petit Breton avait trois couilles et même pas peur ! Et s'en est allé chercher son sang et assumer son histoire. Les premières années, maman s'est accrochée à cette posture de refus. Notre père s'était fait avoir et, comme tous les hommes faibles, il avait succombé à « la salope » et par extension, à l'enfant dans le dos !

— Elle va tout vous prendre, il n'est pas question qu'elle hérite un jour d'Henri. Moi, je vous le dis, je vais appeler vos grands-parents paternels pour leur expliquer !

Elle avait même organisé derrière le dos de mon père un déjeuner avec ma belle-mère pour la persuader des maléfices de magie noire que Carole devait fomenter pour nous empapaouter ! Amy avait refusé de rentrer dans ce jeu qu'elle pensait injuste et elles s'étaient fâchées !

Puis son discours avait doucement évolué, car nous étions dithyrambiques à propos de cette petite. Finalement elle avait eu envie de la rencontrer. Elle tomba sous le charme non seulement de la fille adultérine, mais également de sa mère en deux secondes. Le danger dissipé, maman nous saoulait en compliments sur ces deux nouvelles recrues dans la famille ; nous avions entendu des horreurs pour rien : elles étaient bel et bien extraordinaires !

— Je les adore, elles sont merveilleuses. Carole a du bon sens, de la sagesse, elle a fait ce qu'elle voulait, elle a tout compris à la vie, et la petite… Mon Dieu, c'est un rêve, vous devriez vous inspirer des attentions qu'elle a pour sa mère d'ailleurs !

Tout rentra dans l'ordre.

— Henri a vraiment eu de la chance de tomber sur elles deux, il a le cul bordé de nouilles celui-là…

La suite est belle, puisque Zoé, Julia et moi sommes aujourd'hui, comme les trois mousquetaires : à la vie à la mort.

Je ne suis pas certaine que Julia se souvienne de cet épisode hilarant où maman, qui évidemment croyait à la réincarnation sous toutes ses formes, nous avait raconté que si elle se sentait si proche de ma cadette, c'était parce qu'elles avaient été frères dans une autre vie ! Je crois que ma sœur était le petit, et maman, l'aîné ! Ils étaient nord-africains et ils parcouraient en l'an moins je ne sais quoi un désert, sur le même chameau pour apporter la bonne parole dans le monde.

— On a tout vécu ensemble, tu comprends !

Elle avait ensuite enchaîné avec ma grand-mère, qui d'après elle avait énormément souffert, et entretenu des rapports compliqués avec les hommes de sa vie (son père, son mari, son frère, son fils) parce que, dans une ancienne existence, elle était une femme divinement belle, qui avait trompé à tire-larigot son époux, un général, fou d'amour, avec tous les troufions qui passaient dans le coin. Il avait fini, terrassé de jalousie, par la tuer d'un coup de couteau dans le cœur. Rien que ça !

Quant à moi, j'avais vécu dans la peau de Catherine de Médicis (encore une cinglée, merci !) et j'avais évidemment fait beaucoup de mal autour de moi. C'était la raison pour laquelle je me rattrapais aujourd'hui, en donnant de mon temps à ceux qui en avaient besoin, en écoutant les logorrhées de la terre entière et, soyons clairs, en en prenant plein la poire... Jamais maman n'a souligné mon altruisme. Non, pour elle, je me rachetais de ce que j'avais pris dans une autre vie !

Nous pleurions de rire. Des cris de poissardes sortaient de nos petites bouches rive gauche. Nous frôlions l'asphyxie, maman comprise. Elle croyait avec beaucoup de sérieux à ce qu'elle nous racontait, mais avait de temps en temps l'intelligence et la distance nécessaires pour s'esclaffer de ses récits abracadabrantesques...

Comment cette jeune fille si canaille, dont tous ceux qui l'ont connue à l'adolescence m'ont affirmé qu'elle était la fraîcheur incarnée, avait-elle pu s'engager sur ce chemin d'illuminée ? On sait tous que le monde n'a rien de juste, qu'il n'y a pas d'égalité, de beauté, de santé, d'intelligence, de richesse ; mais, j'aime penser que nous devons être responsables de notre destin, que nous avons, même dans l'adversité, le droit, mais aussi la possibilité et parfois le devoir de prendre en main notre existence.

Est-on garant de son avenir ? Le choisit-on ? Peut-on le modifier ? Ou s'impose-t-il à nous, abruptement ?

Maman ne l'a, je crois, pas décidé. Elle a été obligée d'embarquer dans un vieux vaisseau bringuebalant, où, très vite, elle a eu peur d'être emportée par les tsunamis familiaux. Elle a aimé se sentir infirmière en chef, être celle qui trouvait les solutions aux maux de sa mère. Elle l'a tellement aimée, sa mère, qu'elle lui a laissé toute la place et qu'elle s'est bâtie sur des fondations précaires.

Depuis mon plus jeune âge, j'entends parler de voyantes, de médiums et autres extralucides.

Il y avait deux femmes en particulier, qui se partageaient les avances de la famille. Leurs noms perdurent encore dans nos inconscients : madame Devîme et madame Roland.

C'était naturel, évident, de leur passer un coup de fil. Je ne crois pas que mon grand-père en abusait, il était trop lucide et pessimiste pour se laisser totalement embourber, mais comme tout misanthrope, il ressentait des périodes de fragilité, d'accablements théâtraux et ces dames devaient trouver les mots rassurants. Ma grand-mère, en revanche, vivait beaucoup plus à travers elles. Toutes inquiétudes, même anodines, privées ou professionnelles, toutes maladies, toutes angoisses quelconques, étaient disséquées, et expliquées par ces « vieilles demoiselles marabouts ».

Les directeurs d'un grand théâtre parisien dans lequel j'ai joué il y a quelques années m'ont raconté avec gourmandise leurs rendez-vous hebdomadaires chez un guérisseur très réputé, prénommé Alalouf, où ils se rendaient en compagnie de mes grands-parents ainsi que d'autres personnalités, pour des séances de magnétisme. Cet homme, d'origine russe, dont le vrai nom était Alalov, avait, lorsqu'il était enfant, découvert qu'il pouvait momifier des poissons. Il était devenu l'un des plus grands guérisseurs de France, s'employant à soigner et soulager simplement en imposant ses mains. Une sinusite, un mal de dos, mais aussi un kyste, une plaie et même un envoûtement. Maman m'y avait emmenée une après-midi où j'étais malade et où il n'y avait personne pour me garder. Je me souviens d'un grand appartement bourgeois, avec des meubles classiques, et une immense salle où nous étions plus d'une vingtaine assis le long du mur. Alalouf demandait aux patients ce qui les amenait et posait ses mains tremblantes le long des corps et des visages pendant à peine trois minutes. Chacun attendait son tour tout en assistant aux soins qu'il prodiguait au voisin.

Paris ne jurait que par lui, et encore aujourd'hui, lorsque je pose la question aux derniers qui l'ont rencontré, les gens s'exclament en souvenirs admirables et en regrets qu'il ne soit plus de ce monde. Je crois qu'un de ses fils a repris le flambeau.

Notre vie ne pouvait être vécue qu'avec l'aide de ces êtres bienfaisants et bienveillants. Notre mère avait besoin, pour calmer et panser ses abcès, ses croûtes, ses plaies, d'une petite valise de secours bourrée de médecines rigolotes.

Ma grand-mère Mimi était soulagée, persuadée qu'un soutien divin la protégeait de tout et de tous. Mon grand-père s'amusait à croire à l'au-delà, alors qu'il a si souvent crié qu'il était dommage que Dieu n'existe pas. Et ma mère, investie d'une mission dont elle ne sortirait jamais, prenait de plus en plus goût à « l'incroyable ».

— Allô, James… C'est Zélie, ça va ?

— Oh ma Didine, où tou es ? Tou veuille venir to Sainte-Maxime, il y a boucoup de soleil mintenant.

— Non, c'est adorable, je ne t'appelle pas pour trouver une niche, James, je t'appelle parce que maman est malade.

— Ah bon…

Dans son « Ah bon » il y avait tout de suite eu de l'inquiétude. Je revoyais James depuis de longues années, en cachette bien sûr. Maman avait décrété, alors qu'elle l'avait quitté (comme tous ses hommes d'ailleurs !) du jour au lendemain, qu'il ne devait plus faire partie de notre quotidien. Un mélange de culpabilité et de jalousie. Elle ne supportait pas que quiconque récuse ses décisions. Elle était toujours partie pour de bonnes et vraies raisons. James était devenu soi-disant insupportable, nerveux, doublé d'une pingrerie dont nous n'avions aucun souvenir !

Mis à part quelques remontrances parce que nous ne finissions jamais les petits déjeuners gargantuesques que nous commandions à l'hôtel ! Devenue mère à mon tour, je crois bien que j'aurais eu, dans les mêmes circonstances, les mêmes réactions que lui. Non, elle l'avait quitté bêtement, alors qu'elle l'aimait encore, parce qu'elle avait eu peur. Peur d'être seule, peur de mal faire, peur de se tromper, peur de rater sa vie amoureuse, sa vie familiale, peur de ne pas protéger assez ses filles… Peur de paraître légère. La peur avait envahi sa mère, qui gentiment la lui avait refilée, puis la peur l'avait gagnée elle-même, jusqu'à ce qu'elle régisse tout chez nous.

C'est vraiment sympa de grandir dans la peur. Je le conseille à tout parent s'il veut que son enfant mûrisse plus vite que les copains, qu'il devienne très équilibré, qu'il fasse de bonnes études, qu'il se sente en confiance, que la liberté soit la base de sa construction. C'est le chemin à prendre… et puis c'est une bonne expérience, et les expériences, ça fait grandir ! « Berk, birk, bourk » comme disait mon père lorsqu'il était petit.

Maman était déterminée, après nous avoir imposé d'aimer tous ses hommes, à ce que nous adoptions les haines qu'elle entretenait à leur égard lorsqu'elle décidait qu'ils étaient devenus des cons. Si nous émettions un sursaut de questionnement, nous valdinguions directement dans le camp des ingrats ! Après James, nous avons eu droit à un avocat bordelais, Michel, qui ressemblait à un vendeur de voitures yougoslave. Il avait rassuré maman avec ses airs d'intello ringard et s'était fait éjecter lorsque Julia s'était plainte de la peur qu'elle avait de lui. Il dégageait quelque chose de malsain ce type. Son remplaçant nous a laissé quelques années de tranquillité. Marc, métisse vietnamien, adorable musicien, qui jouait des airs de rock à la guitare jusqu'à 4 heures du matin dans notre salon devant une Caroline médusée. Nous mangions des soupes Phô tous les soirs, connaissions le quartier chinois par cœur et cavalions le week-end sur les trottoirs des puces de Vanves où il tenait un stand. Et puis, le dernier : le Jean-Jacques impulsif et sanguin, qu'elle a quitté lorsque j'avais dix-huit ans. Puis, nous n'avons plus jamais eu le droit de connaître ses galants. C'est au moment où nous étions enfin en âge de la comprendre, d'échanger, de partager nos impressions, nos conseils, que maman a définitivement refusé que nous rencontrions ses amoureux. Elle nous avait imposé des hommes toute notre enfance, et considérait à présent qu'il était temps de nous protéger. Tout à l'envers !

Lorsque je me suis mariée, j'ai reçu l'interdiction formelle d'inviter James.

— C'est lui ou moi ! Tu ne veux pas que je vienne à ton mariage peut-être ? Tu es MA fille, pas la sienne, il n'avait qu'à faire des mômes au lieu de s'accrocher aux miens... Merde, il en a assez profité, ça suffit... Qu'est-ce que c'est que ces façons de voir mes enfants derrière mon dos ! Il ne te fait pas la cour quand même ? Il en serait capable…

Incohérent, injuste, voire méchant. Ces propos étaient dénués de sens, et on ne pouvait pas argumenter, même essayer !

Oui, je voyais James depuis longtemps. Nous déjeunions souvent dans un vieux bistrot parisien près de l'avenue Montaigne, où il avait ses habitudes. Il me rappelait que j'avais été une petite fille rigolote, terriblement sensible ; on se demande pourquoi ? Et apparemment attachante. Il me promenait dans cette période heureuse de notre enfance, où malgré ses vingt-quatre ans de l'époque, il avait assuré avec deux gamines qui venaient d'être arrachées à leur père.

Et puis, le pauvre est tombé malade, gravement, à la suite d'une infiltration chez une rhumatologue des beaux quartiers, il a contracté une maladie nosocomiale comme le petit Depardieu. Un staphylocoque doré, qui s'est installé dans le cartilage du genou. La sale bête s'est promenée et lui a bouffé une hanche. Les médecins n'ont jamais voulu prendre le risque d'ouvrir ; et cet éphèbe qui skiait comme un dieu marche aujourd'hui en boitillant, souffre le martyre et a perdu de sa superbe. Six mois d'hôpital, dont trois de rééducation. Quinze kilos dans le bidon, et une longue queue de cheval (depuis qu'il a fait le vœu de ne plus couper ses cheveux tant qu'il ne remarcherait pas normalement), lui donnent un air de vieil hippy avec l'English class en plus. Il est resté bel homme. Comme quoi, il vaut mieux se shampouiner à la Bétadine dix fois dans une vieille douche de l'hôpital public que de se faire piquer le dos près de l'École Militaire, à 300 euros la consultation.

Je savais que c'était le bon moment, qu'elle ne vivrait plus sa présence dans ma vie comme une agression.

Et j'avais eu raison. Elle s'était émue de son épouvantable aventure, me demandant de lui faire passer un message, puis un autre ; lui conseillant par mon biais d'acheter tel produit miracle pour les os, de prendre rendez-vous avec son chiropraticien magique. Pour finir, un jour, par l'autoriser à venir lui rendre visite.

Il est venu tous les jours, à quelques exceptions. J'allais quelquefois le chercher chez lui, je l'aidais à enfiler ses chaussettes et son pantalon car il ne pouvait plus se baisser. Je revoyais les photos de Julia et moi qu'il avait soigneusement gardées. Dans ses mots et ses gestes, j'avalais avec délice la tendresse qu'il avait encore pour nous, et le chagrin de la séparation. Un abandon de plus pour les petites sœurs qui venaient à peine de s'habituer au remplaçant de leur papa…

— Ta mère a été la grante amour de ma vie, tou sais. Elle est partite avec une autre homme, me jurant que j'étais paranoïaque, et que c'était elle la cocue ! Comme pour ton père, sauf que pour lui, l'autre, c'était moi ! Je l'aime bien ton père, en fait, je l'ai toujours bien aimé…

— Ben oui, c'est un type aimable, un type bien, mais je ne suis pas sûre que même trente-cinq ans après le divorce, il ne t'en veuille pas un peu !

Il n'a jamais pleurniché dans mon cou, il aurait pu. Au contraire, il m'a soutenue, donné de la force, du courage.

Avec beaucoup de délicatesse, sans me donner de conseils précis. Tous les jours, avant de me rejoindre, il prenait des nouvelles de ma nuit, de mon réveil, de mon fils, de mon petit déjeuner. Une façon d'être un peu un papa sans s'imposer comme tel. Une pudeur distinguée, une pudeur anglaise début du siècle.

James s'asseyait face à maman, engageait la conversation, comme s'ils ne s'étaient jamais quittés. Elle argumentait, s'expliquait, posait des questions, puis s'apaisait quelques minutes, le sourire aux lèvres, et rouvrait les yeux, le sourire toujours en place, accroché. Au fur et à mesure, maman est retombée sous son charme. Je sais qu'il l'a senti, je sais qu'il savait que c'était trop tard, je sais qu'il ne serait pas retourné dans ses bras, mais avec beaucoup de tendresse, il lui a laissé croire que peut-être, un jour, ils auraient la possibilité d'une île… d'une deuxième vie.

Je l'en remercie tellement. Il nous a aidés à lui apporter une forme de paix intérieure, et l'espoir d'un bonheur qu'elle cherchait depuis toujours.

Un soir, elle m'a dit, l'air de rien :

— En fait je n'aurais jamais dû quitter James, j'ai vraiment été idiote…

— Mais pourquoi tu me dis ça, de but en blanc ?

Rêveuse, elle m'a répondu :

— J'ai cru qu'il ne tiendrait pas le coup avec vous, j'ai cru qu'il nous fallait un homme plus fort, les pieds dans le sol, un homme qui m'éloignerait à tout jamais de mes problèmes, qui serait plus puissant que ma famille. Un vrai protecteur.

— Ah oui, merci beaucoup ! Super protecteur l'abruti de Michel, avocat de mes burnes qui puait du bec. On s'en serait passé.

— Didine, Caroline adorait la huître, je suis passé chez « Francis » et j'ai pris trois, une chaque taille, ça va la faire plaisir, n'est-ce pas ?

— Mais tu es trop mignon, James Birkin ; tu sais, elle ne mange plus vraiment, elle a une nouvelle copine pieuvre accrochée près de son cou qui lui injecte tous les plats dont elle a besoin !

— Oui, je connais ce merde, mais justement, c'est très immportante de lui faire du plaisir.

Jusqu'à sa fin, alors que la plupart de ses amis proches en prenaient plein la tronche à peine le dos tourné, maman a regardé James avec le visage de l'amour.

Julia et moi attendions depuis presque une heure, dans les couloirs impersonnels de Cochin, que l'oncologue du service nous reçoive.

Nous avions écumé les soins intensifs, le service Gynécologie, et nous étions enfin chez les cancéreux, mais comme de nos jours on évite de prononcer ce mot qui terrorise, des gens probablement bien rémunérés ont trouvé un terme plus chic, « Oncologie ».

Une jeune femme de notre âge, toute menue, toute petite, comme maman, nous a demandé de la suivre dans un bureau. Les pauvres, ils ne sont pas gâtés dans le public ! Celui-ci mesurait la taille de ma salle de bains, six mètres carrés. Lorsqu'on est chef de service de la maladie du siècle dans un immense hôpital parisien, ça craint du boudin !

Nous étions face à elle, Julia et moi, tout ouïe, pleines d'espoir d'une peut-être, possible, minuscule et miraculeuse guérison à laquelle nous voulions encore croire.

— Vous êtes certaine d'avoir bien disséqué son dossier, ses scanners, son PET scan, ses radios, ses analyses ? Vous êtes sûre qu'il n'y a rien à faire ?

Très calmement, avec un gentil sourire, les yeux dans les yeux, elle nous a dit :

— Je suis désolée, nous avons eu une réunion avec plusieurs spécialistes hier soir au sujet de votre maman, et ils ont été assez étonnés de l'évolution dramatique de sa pathologie. Je dois dire que dans son cas précisément, c'est dommage, car nous appelons cela un cancer de négligence. La maladie a eu le temps de prendre toute la place, de se développer à son aise ; aujourd'hui, tout l'appareil digestif et utérin est ravagé, il n'y a absolument aucune chance pour une rémission.

— Ah ! (Avons-nous répondu en chœur ?)

C'est marrant, lorsqu'une femme ne veut pas lâcher le morceau, elle devient d'une lourdeur infernale. Mais deux femmes, là, c'est le cauchemar. Cette pauvre doctoresse en a eu pour son grade.

Certains médecins prennent le temps de répéter inlassablement les mêmes mots, en boucle, comme une vieille dame « gaga ». Il faudrait inventer une nouvelle spécialité médicale : Docteur en Familliologie. On créerait de l'emploi, on éviterait de défoncer le trou de la sécu avec des paquebots d'antidépresseurs pour les foyers largués dans leurs drames, on soulagerait les psys et on emmerderait moins ces experts en diagnostic qui ne sont pas toujours formés pour répondre à notre désarroi !

— Parce que, avec les remèdes que vous lui injectez, elle semble réellement avoir repris des forces, dans tous les sens du terme, elle rit, elle essaye de se lever, elle remange, on a vraiment le sentiment qu'elle commence à guérir.

— Oui, il y a toujours des périodes de fausses rémissions, le corps reprend courage, le mental également, et le patient se retrouve peu à peu et semble repartir ; mais c'est à la fois une réalité et une illusion. Vous devez profiter de ces jours, absorber ces bons moments et ne pas attendre d'espoir.

La messe était dite. Nous avons remercié cette doctoresse qui avait l'âge d'être notre copine, et sommes reparties, masque gris, vers la chambre glauque de notre petite mère, qui nous attendait nerveusement, trépignant dans ses draps jaune délavé. Il fallait au plus vite l'inscrire dans une maison de soins palliatifs, car en France, c'est un peu comme les crèches, il n'y a pas de place pour tout le monde et les meilleures sont prises d'assaut ! Personne ne rêve d'installer sa mère qui pense qu'elle est en « retapage » dans un mouroir au cul de la banlieue !

— Mais où étiez-vous les filles ? Il y a une expo d'Hopper à ne pas rater dans les couloirs ou quoi ?

Nous avons opté pour le mode « Walt Disney », comme si nous sortions de la cueillette des champignons.

— Arrête de râler, Mamoun, on parlait avec tes infirmières pour négocier un meilleur café le matin.

— Ah oui formidable, merci... c'est tellement imbuvable leur truc, j'ai l'impression de boire du jus de vaisselle. Déjà qu'on m'a donné la chambre de Nicholson dans *Vol au-dessus d'un nid de coucou* ! Il ne faudrait pas que je finisse folle en plus !

Nous avons ri de cette effusion de bonne humeur qui nous rappelait que nous n'étions pas dans une jolie pension de famille face à la mer ! Puis nous avons entrepris de masser chacune un pied de maman ; nous nous étions juré qu'elle aurait une dose de plaisir journalière, qu'elle serait notre reine, notre centre.

Madame mère allait enfin régner, avec notre consentement, être un dictateur, une enfant gâtée ; développer son moi, moi, moi. J'imagine que nous avons bénéficié de la gentillesse de la jeune femme médecin, qui avait eu pitié de nous car au bout de quelques jours, une proposition pour installer maman dans la maison de soins Jeanne Garnier, dans le XVe arrondissement, presque devant l'école bilingue, est arrivée. J'ai cru comprendre que ce centre était une telle réussite qu'il avait servi de « pilote » en Europe.

— J'ai une bonne nouvelle, tu pars demain ! Tu es attendue dans une maison de repos, en plein Paris, la meilleure, maman, tu vas adorer, il y a un petit parc, des fleurs partout, une ancienne chapelle, une cafétéria, et tu pourras même fumer, c'est chouette, non ?

Je ne lui avais laissé, avec une culpabilité soigneusement cachée comme on le fait avec un adolescent que l'on veut convaincre d'aller en pension, aucune possibilité de discuter. Je ne supportais plus d'avoir un pied dans son caveau. Nous avions un grand besoin de stimulation, de bousculade. Terminé les plateaux-repas immondes, la chambre impersonnelle, les odeurs d'éther et les malades qui crachent leur solitude dans des vieux couloirs grisâtres ! Ce serait sa dernière demeure, nous allions tout faire pour qu'elle y soit bien.

Maman était excitée. Elle avait déménagé toute sa vie, et adorait cela.

— Quand tu passeras chez moi ce soir, tu prendras ma couverture chauffante, mon pull en poils de chameau, mon coussin en balles d'épeautre, ma trousse de maquillage, ma brosse ronde, et débrouille-toi aussi pour prendre Momo, il me manque trop. Qui vient avec moi dans le taxi demain, ta sœur ou toi ?

— Alors exceptionnellement, ce ne sera pas un taxi. Comment te dire, maman, on trouve ça trop ringard. Ce sera une magnifique ambulance. On s'est dit que tu serais plus confortable allongée, avec deux mâles en guise d'escorte ! On les a choisis, ce sont les plus beaux de Cochin ! Tu ne nous en veux pas ?

Il fallait constamment biaiser, arranger la vérité, rendre les événements légers, comme avec un enfant. Pourtant, je suis sûre qu'elle savait qu'elle ne pouvait plus vivre comme les autres. Mais c'était un jour gai, elle était heureuse de laisser les « vrais malades », elle qui se croyait presque guérie !

— Allô Françoise, c'est Caroline, je t'appelle vite parce que les filles ne sont pas dans la chambre. Pourquoi tu ne viens pas me voir ? Tu ne me lâches pas, j'espère ? J'ai besoin que tu me dises ce que je dois faire ; je pars demain pour une maison de santé, enfin de santé… de reconstruction tu vois, pour me remettre d'aplomb. Non, je ne sais pas où elle se trouve exactement. Oui, oui, d'accord… mais je suis coincée et elles décident de tout. Non, elles sont adorables, mais enfin, j'aimerais te voir, je n'ai plus les prières que tu m'as données, et je voudrais savoir ce qu'en pensent les autres.

Les autres, mais quels autres ? De quoi, de qui, parlait-elle ? J'avais une fois de plus surpris une conversation avec sa nouvelle amie plus importante que nous ! C'était facile, dès que maman chuchotait, je savais que ça puait…

— Ça va Mamoun ? À qui parles-tu ?

Elle avait soudain pris un air très détaché.

— Oui, moi aussi, je t'embrasse fort, oui, oui, d'accord, bien sûr, à quelle heure ? Très bien, parfait. Au revoir.

Lorsque maman cherchait à feindre, elle empruntait un ton ridicule, chantant, où chaque syllabe avait une note différente, un ton de « je me fous de ta gueule » ! Un peu comme le « Bonne nuit les petits » de Nicolas et Pimprenelle.

— C'était qui ? répétai-je l'air de rien.

— Ce que tu es curieuse ! Tu crois que tu connais tout le monde ? Eh bien non, c'est une amie que tu ne connais pas.

Et elle était immédiatement passée à autre chose. Savoir que cette Françoise avait toujours une importance et une influence apparemment capitales dans la vie de maman alors que j'étais collée à elle et dévouée comme une bonne à son curé me rendait dingue.

— Mais pourquoi tu ne veux pas me parler de cette femme ? C'est la dame que j'ai vue chez toi début septembre ?

— Pas du tout, qu'est-ce que tu vas encore chercher ! C'est une amie que tu ne connais pas. Oh !... N'insiste pas, Zélie. Lorsque tu iras prendre mes affaires, sous mon oreiller, il y a une pochette en velours, apporte-la-moi s'il te plaît.

— Oui, maman.

Sans toi, je ne suis rien, sans toi, je me perds, sans toi l'étincelle se dissout.

Donne-moi la force d'affronter Satan, car la puissance de l'amour est en toi.

Dis-moi qui je suis, et donne-moi le vrai chemin, l'ultime.

Tu es mes yeux, ma bouche, mon corps ; je te reconnais, et t'appartiens, car je sais que jamais tu ne m'abandonneras, toi, le grand, le bon, le Saint.

Amen.

Le cantique des 144 000

Nous vous remercions père de nous avoir révélé votre lumière protectrice universelle. Puissions-nous dans cette lumière être totalement protégés de toute forme destructrice. Que le Saint-Esprit de votre présence nous imprègne de cette lumière, et qu'elle descende partout où nous le désirons. Nous vous remercions père de nous emplir de vos feux d'amour protecteurs. Que votre volonté à travers nous parvienne sur des ailes de pouvoir.

Qu'elle s'accomplisse sur terre comme dans l'univers. Puissent votre lumière, votre amour et votre pouvoir se manifester à travers nous tous, fils et filles de l'humanité.

Dans la pochette, que j'ai bien évidemment ouverte dans la microseconde où je l'ai trouvée, il y avait ces deux prières. J'ai toujours été angoissée par tout ce carnaval, et aujourd'hui, bien que je fasse un peu mieux la part des choses, je suis encore effrayée. Je conçois tout à fait que l'on croie aux ondes, qu'elles soient négatives ou positives, que l'on ait la foi en une prophétie, un Dieu, que l'on s'intéresse aux médecines parallèles, que l'on ait même envie de tenter des expériences extraordinaires, mais ce gloubi-boulga dans lequel ma mère a zoné toute sa vie a été une terreur pour moi.

J'avais vingt-cinq ans, et elle m'avait tellement gonflée depuis des mois pour que je rencontre son magnétiseur du moment que j'avais fini par céder. Elle le nommait « le Bourguignon » parce qu'il venait une fois par mois de Bourgogne, en train, et recevait dans une chambre miteuse d'un petit hôtel près de la gare de l'Est.

C'était d'un glauque inimaginable. J'attendais sur le bord d'un lit que maman se fasse soigner. Elle ne jurait que par lui, et jubilait de le voir chaque mois. Je savais que mon tour arrivait, je trouvais toute cette mise en scène grotesque et ne rêvais que de filer, vite, vite, vite. Mais je voulais faire plaisir à ma maman et en particulier éviter les réflexions et les insinuations sur mon QI improbable et ma ridicule spiritualité.

Le Bourguignon a fini par me demander de me tenir droite, puis a tendu son bras vers moi, à trente centimètres de mon visage. Il a fermé les yeux, et sa main s'est mise à trembler comme celle d'un centenaire.

— Zélie, vous êtes fatiguée en ce moment, oh là là, c'est pas bon ce que je vois là… Je suis en train de faire vos analyses. Votre concentration corpusculaire en hémoglobine est assez faible, vous avez 31, ce n'est pas assez, en revanche vous avez huit milliards de globules blancs, mais ce n'est pas suffisant non plus pour votre âge. Caroline m'a dit que vous étiez sceptique, je vous demande d'aller faire des analyses sanguines classiques et vous pourrez vérifier que je ne me trompe jamais.

C'est de cette façon, entre autres, que ces gens-là embobinent les farouches. Il suffit d'être sûr de ce que l'on affirme, de ne laisser aucune place aux doutes, de faire un petit peu peur, d'être mystérieux et de connaître les bases de la psychologie humaine surtout lorsque les gens cherchent de l'aide ! Et s'ils sont là, c'est qu'ils en cherchent !

Puis, il m'avait touché le front, la vésicule, l'estomac, la rate. J'avais ressenti des douleurs, probablement dues au fait qu'il appuyait trop fort pour que je réagisse et que ma mère parte en délire de compliments. En bref, les résultats étaient mauvais, je devais suivre un traitement de pilules de perlimpinpin, d'huiles de massage et autres loufoqueries qui allaient coûter « bonbon » et surtout, je devais revenir le mois suivant !

À peine étions-nous arrivées au centre de soins palliatifs que maman reprenait sa vie en main.

— Ah, j'aime beaucoup cette chambre, mais la fenêtre est sur le côté et je ne vois pas le jardin. Je voudrais changer mon lit de place tout de suite pour me réveiller face aux arbres.

Nous nous étions exécutées dans la seconde. Loulou, notre nounou brésilienne, attendait à l'extérieur, cachée avec Momo qui n'avait pas eu le droit de rentrer dans les locaux. Le déménagement fait, je lui avais par téléphone donné le signal de porter le chien dans ses bras devant la fenêtre de la chambre et maman avait fondu en larmes.

— Mon Momo, oh qu'il est beau, mais il a grossi chez toi, qu'est-ce que tu lui donnes ? Que du riz, des légumes et du poulet, j'espère, il ne supporte pas bien la viande rouge ! *Oh, my dog, I miss you so much, I love you, I'll come back very soon, you're a good boy, good boy…*

Je ne pouvais pas m'occuper de maman à plein temps et préparer des poules au pot pour son chien tous les soirs ! Peut-être aurait-il fallu échanger les rôles et filer des croquettes à Balthazar, mais j'étais déjà une mère absente, je ne me voyais pas devenir en plus Thénardier !

Les jours suivants furent agréables. Les dernières transfusions et dialyses avant de partir de Cochin avaient joué leur rôle réparateur et maman recevait ses amies comme Louis-Philippe dans sa chaise, en Régente. Elle avait de l'esprit, de l'enthousiasme, et une tendresse inattendue pour chacun d'entre nous.

— J'ai envie d'une cigarette, on sort ?

Je débloquais le frein de l'énorme lit médicalisé, je décrochais les poches de morphine et autres remèdes de leur portant, pour les clipper sur les montants et hop ! d'un bon coup de bras, demi-tour, ouverture de la double porte, nous partions en goguette dans l'établissement en direction du fumoir. Sur le chemin, nous croisions du personnel à qui maman faisait un signe de la main comme Élisabeth d'Angleterre lorsqu'elle passe devant son peuple ! Nous nous arrêtions discutailler le bout de gras avec la psychologue, ou faisions connaissance avec d'autres patients. La vie reprenait son cours, drôlement, mais sûrement. Le fumoir n'était en réalité qu'un sas qui ouvrait sur l'extérieur, minuscule et gelé, mais c'était festif. On avait le sentiment de braver l'interdit, d'être révolutionnaire ! L'ambiance de Jeanne Garnier était apaisante. Les infirmières étaient dévouées et douces comme de bonnes grand-mères. Une psychologue bénévole était entrée dans la chambre de maman, elle avait essayé de discuter avec elle, mais celle-ci l'avait interrompue : « Vous êtes très jolie, vous ressemblez à une amie. Je n'ai rien à raconter, je ne reste pas longtemps ici, vous savez. Je me retape. »

Quand je pense que tous les gens malades avec qui je me suis liée d'affection dans ce lieu ne sont plus en vie ! Je suis glacée.

Il y avait une jeune femme de mon âge, qui avait une leucémie. Un visage d'une douceur irréprochable, des traits d'une finesse absolue. Elle était religieuse. Ses cheveux coupés à ras lui donnaient des airs de Sinéad O'Connor, mais son regard la portait plus vers Jeanne d'Arc ! Elle souriait tout le temps, au lever, au goûter, au coucher. Jamais je n'ai eu l'impression en la croisant que son esprit était tourmenté ! Cette jeune femme me subjuguait, je pouvais l'observer longuement, car sa chambre au RDC jouxtait celle de maman et sa porte était presque toujours ouverte. Comme un appel à la communication. Je m'installais dans la grande salle qui distribuait les chambres. Je levais les yeux régulièrement. Souvent, je tombais sur son regard. J'étais intimidée par tant de sagesse. Elle me souriait, je lui rendais son geste, clairement, simplement, en essayant de ne pas être condescendante, puis baissais les yeux. Elle restait souvent assise sur le bord de son lit, regardant le jardin. À quoi pensait-elle ? À qui ? À cette vie qu'elle allait quitter si jeune ? À ce temps qu'elle ne vivrait pas ? Tant de gens perdent le leur à ne rien faire, à se plaindre, à avoir peur d'une mouche ! C'est vraiment con de se rendre compte trop tard que le bonheur n'est que dans la simplicité de l'instant présent. (Je dis ça mais je suis nulle en présent !) Elle allait partir rapidement puisqu'elle était ici. Elle devait le savoir, mais sa foi la portait, sans aucun doute. Quelle intelligence de ne pas être pétrifiée devant l'immense inconnu et de se préparer à la grande rencontre à laquelle on a consacré son existence. Ce doit être si excitant de sentir que Dieu vous attend, qu'il va vous envelopper dans ses bras rassurants et chauds.

Elle recevait beaucoup de visites, chacun de ses invités était incarné. Ses parents avaient la tête d'être ses parents, ses amies religieuses d'être ses amies. Il y avait une évidence chez ces gens qu'on ne retrouve pas chez le commun des mortels. Elle marchait quelquefois dans les couloirs, tenant de sa frêle main son porte-médicaments ; toujours soulevée par un air béat. Elle acceptait.

Sans le savoir, elle a calmé mes angoisses et mes souffrances. Je prenais une leçon d'humilité, de dignité. Cette femme m'a offert de sa force. Je m'imaginais à sa place. Moi qui ne crois plus au ciel depuis que j'ai accouché – car j'ai eu comme une révélation : en donnant la vie, je donnais par essence la mort, je devenais responsable pour de vrai, et je me devais de me poser des questions existentielles et de trouver ma vérité –, je me voyais, recevant mes proches avant que la faucheuse ne décide de m'emporter. Je crois que je n'aurais pas eu ce discernement, cette distance. Maman allait disparaître trop jeune, mais s'éteindre à trente-cinq ans, c'est encore plus vache. Peut-être ne l'était-ce pas pour elle justement. Croire en Dieu, c'est aussi attendre la libération de le rejoindre. Ce doit être magistral.

Pour le moment, j'en suis privée, je dois être une petite âme comme le disait maman.

Nous allions bien entendu passer Noël à Jeanne Garnier et la base pour cette dernière fête fut d'acheter du caviar. C'était pratique à manger pour maman qui n'avalait presque plus rien et très digeste. Simon avait demandé à l'administration si nous pouvions apporter un petit sapin, que nous avions décoré lors d'une après-midi avec les enfants. Maman dirigeait les opérations.

— Non, pas de guirlandes, ça me fout le bourdon, j'ai l'impression d'être au fin fond de Mâcon un soir de deuil. Non, vous allez accrocher des rubans de couleurs. Zélie, va en acheter ma chérie, il y en a des très jolis à la mercerie rue du Jour.

— Mamen, mamen, on pourrait accrocher des fruits aussi ? Si le père Noël a faim ?

— Quelle bonne idée mon Balthazar, on va accrocher des bananes, des cerises et un ananas sur la pointe, comme ça le père Noël qui est très fatigué par le froid se sentira un peu au soleil et on laissera également un tube de dentifrice pour qu'il puisse se laver les dents après les avoir mangés et un verre de vin sous l'arbre. Zélie, tu prends aussi des fruits exotiques et des chocolats pralinés.

— Ben, ça va être pratique à trouver mi-décembre, des cerises et des ananas ! Et pas cher en plus, c'est ça qui est bien ! Je ne suis pas certaine que ce soit le rêve pour tes intestins, les chocolats, maman !

— Non, mais c'est le rêve pour les enfants et c'est un antidépresseur naturel.

Les mômes étaient aux anges, maman a toujours été une grand-mère extraordinaire qui aurait fait n'importe quoi pour les séduire. Combien de fois ne l'ai-je vue s'étaler de la purée ou du chocolat sur le visage pour les faire rire ! Le 24 décembre, elle était maquillée, parfumée et coiffée, prête pour sa dernière fête. Sa chambre décorée comme celle d'une enfant, des dessins et des photos de famille parsemaient les murs. Il y avait aussi une grande image représentant un visage d'homme, jeune et beau, dont on devinait qu'il devait s'agir de Jésus.

— Tu es vraiment certaine que c'est lui, maman ?

— Évidemment, c'est le vrai Jésus, les scientifiques ont reconstitué son visage à partir du linceul.

— Oui, mais là, le type ressemble plutôt à Leonardo Di Caprio qui aurait couché avec Johnny Depp. Ça fait un peu montage d'escroquerie quand même ! Et puis c'est entre une photo et une peinture, c'est étrange !

— C'est parce que c'est Jésus, le vrai, Zélie. On ne peut pas toujours tout expliquer. C'est certain que toi la Vierge Capricorne bien terre à terre, ça te dépasse !

Cela ne servait à rien de la pousser dans ses retranchements, mais je m'étonnais d'avoir encore ce réflexe impétueux de vouloir absolument la convaincre qu'elle se trompait.

Nous étions chargées d'acheter les cadeaux pour toute la famille.

— Budget libre, je veux tous et toutes vous gâter !

Maman avait vécu dans le faste mais n'avait jamais eu beaucoup d'argent. Elle avait des phases de claqueuse compulsive, puis des phases de pleureuse. Lorsqu'elle se sentait un peu riche, elle dépensait tout en un rien de temps comme pour se renoyer plus vite. Mais nous n'avions jamais manqué de rien. Les santiags Chevignon, les mocassins Weston, les robes Alaïa, les pantalons Irié, nous les avions eus, comme nos petites copines bourgeoises, quitte à ce qu'elle se prive. Maman se mentait, n'acceptant pas la réalité de ses finances, de ses amours, de sa qualité de vie qui déclinait. Elle avait toujours travaillé, mais jamais ses salaires ne permettaient de nous faire vivre. Lorsque nous habitions à Dakar, elle fabriquait artisanalement des bijoux. Plus tard, elle avait fait de l'antiquité dans les salons spécialisés, vendant des meubles, des objets hétéroclites, des vieux livres. L'époque où nous vivions à Nice, elle avait acheté avec Jean-Jacques un magasin d'or et de métaux précieux et s'était improvisée numismate. Elle était dans l'action, se débattait avec sa vie, mais ne connaissait pas la régularité. « Pas d'études, pas de carrière, se disait-elle, mais au moins je suis libre. »

Ma grand-mère aidait beaucoup, elle était un socle. Bien que très déséquilibrée elle-même. Chaque occasion était bonne pour aller « aux Invalides » dans son hôtel particulier devant Victor-Duruy (qu'un escroc lui a fait vendre pour trois roupies de sansonnet !) où nous avons passé notre enfance. Une dispute à cause d'un de ses amants, un déménagement, un problème d'argent, de voyage imprévu, et hop, chez Mimi…

— On peut aller au cinéma, Mimi, ce soir ?

— Mais nous sommes jeudi, vous allez à l'école demain, vous avez fait vos devoirs ?

— Oui, oui, tu pourras nous faire réciter sur le chemin si tu veux, j'ai un contrôle d'histoire.

— Sur quelle période, ma chérie ?

— Sur une dame en mille cinq cents et quelques, je ne me souviens plus de son nom, heu… ah oui, Lady de Nantes.

Ma grand-mère avait ravalé un fou rire, puis avait enchaîné un grand :

— Ohhhhh !… Zélie ! C'est honteux. Ce n'est pas une dame, l'édit de Nantes, c'est un contrat que le roi Henri IV a signé pour éviter des guerres de religion. Ohhhh…

— On ne peut pas aller au cinéma alors ?

— Si, on court à la Pagode, mais en revenant, tu apprends ta leçon, parce que demain je vous emmène au café-théâtre et après-demain à la Comédie-Française.

Toute la famille s'était même liguée contre l'absolue interdiction de mon grand-père que je touche au métier de comédienne. J'avais tourné, grâce à une amie de Mimi, dans *Loulou* de Maurice Pialat à huit ans et lorsqu'il avait cru me reconnaître sur une photo publicitaire du film en passant devant un cinéma, chaque femme du matriarcat que nous formions avait farouchement nié la ressemblance « évidente » avec l'enfant entourée d'Isabelle Huppert et de Gérard Depardieu et la petite-fille modèle que je devais rester pour mon auteur de grand-papa !

Je comprends aisément pourquoi je n'ai pas fait de grandes études ! Finalement, il était plus important pour ma famille d'ouvrir l'esprit des enfants à la culture que de les contraindre à une régularité scolaire.

Après Boulogne-Billancourt, nous avons habité rue Saint-Dominique. Caroline avait trouvé une jeune fille au pair anglaise, obèse, qui nous filait des bonbecs après le brossage des dents et qui est partie en pleurant parce que soi-disant nous la martyrisions ! Une folle de plus ! Rue Bréa, entre le jardin du Luxembourg et Montparnasse, nous avons été très heureuses, maman connaissait tout le monde. Tsion, un commerçant de la rue, était devenu son pote et nous étions toujours fourrées dans sa boutique. Il y avait aussi la pizzeria en bas du numéro 13 où nous habitions, l'un des patrons s'appelait Tonino, c'était un bel Italien dont maman était, je pense, tombée amoureuse et qui a disparu du jour au lendemain. Je me souviens de son chagrin qui n'en finissait plus. Elle nous a avoué plus tard qu'il devait probablement trafiquer des trucs bizarres et qu'il avait été assassiné d'une balle en pleine tête sur sa moto ! Un truc banal.

Nous avions toutes les trois posé pour un peintre américain qui avait réalisé une toile qui trône aujourd'hui dans mon salon. Je la regarde tous les jours en pensant à cette période où maman allait presque bien, où nous étions heureuses.

— Pour Noël, j'aimerais offrir un pendentif à Loulou, comme ça elle me portera sur son cœur, elle est tellement formidable. Un bijou pour Lisbeth qui m'a tant aidée, et pour les petits et vos hommes, achetez-leur ce qu'ils aiment. Et vous les filles, choisissez chacune un cadeau l'une pour l'autre, celui dont vous rêvez, profitez-en, c'est la fête, je fais des chèques.

Deux de mes amies, Mary et Alexandra, avaient créé une collection de joaillerie que maman adorait. Elle m'avait donc chargée de commander au plus vite deux ravissants pendentifs. De notre côté, nous avions choisi un bracelet d'une grande finesse avec des motifs de fleurs en éclat de diamants pour maman. Tout le monde cassait sa tirelire, tout le monde démontrait, prouvait son amour.

Maman avait pleuré lorsque nous lui avions accroché la gourmette au poignet, si osseux que celle-ci passait derrière son coude.

— C'est ravissant. Merci, mes chéries.

Simon et Marcus blaguaient, Loulou dansait, Lisbeth souriait, les enfants, imperturbables, déchiraient les papiers cadeaux, n'en revenant pas que le père Noël ait pu faire sa livraison sans cheminée, et Julia et moi, assises à chaque coin du bord du lit, massions les pieds de maman... pour changer.

Nous avions ouvert une bouteille de champagne, trinqué avec l'équipe médicale et la directrice du centre, aux enfants, à la famille, à l'amour. Maman avait avalé deux cuillères à café de caviar et s'était endormie vers 21 heures, un sourire aux lèvres, épuisée. Les lumières de la fine guirlande électrique qui illuminait sa chambre brillaient comme des petites étoiles, elle dormirait protégée. En sortant à pas feutrés, la médecin-chef était venue nous saluer.

— Je vous dis au revoir, je ne pense pas que nous nous reverrons.

— Ah bon ! Pourquoi ? avions-nous répondu surprises.

— Je pars en vacances, et comme votre maman est chez nous depuis maintenant plus de quinze jours et que...

— Oui, mais alors ? avais-je enchaîné.

— Eh bien, je ne pense pas qu'elle sera toujours là à mon retour ! Son état est extrêmement faible... Je reviens le 5 janvier.

— Mais elle va plutôt mieux, elle fume, elle rit, elle ne perd pas du tout la boule, elle a un moral de guerrière…

— Mesdemoiselles, il y a trois phases que traversent tous les patients, la colère, la peur, et l'acceptation. Votre mère est encore dans la colère, elle s'accroche, c'est normal, mais vous verrez, lorsqu'elle sera dans la dernière phase, qu'elle s'autorisera à partir, son état se dégradera d'un coup.

Paf… Un nouveau petit coup de burin dans la tronche, pour nous rappeler que maman était là pour pourrir, mourir et certainement pas le contraire. Nous n'étions pas dans un centre de loisirs, et nous l'avions un peu oublié, c'est vrai.

Joyeux Noël.

Le lendemain, maman était raide de fatigue. L'excitation de la fête, les allées et venues des uns et des autres, les hurlements des enfants, la veillée nocturne, tout ce bouillonnement l'avait terrassée. Elle a dormi pratiquement toute la journée, levant l'œil deux fois pour quémander un baiser. J'en profitais pour régler ses papiers administratifs. Sa boîte aux lettres se remplissait de jour en jour et elle ne voulait plus ouvrir son courrier. C'était la négation de toutes les réalités. Je lui cachais ceux qui pouvaient l'angoisser comme ces 7 000 euros de contraventions impayées depuis des années, sa taxe foncière, d'habitation, ses impôts, ses factures en tout genre. Je réglais, cas par cas, chaque problème. Je rappelais toutes les personnes qui laissaient de multiples messages sur son répondeur, se plaignant de ne pas avoir de réponse. Maman gardait son portable près d'elle, mais filtrait. Elle choisissait qui avait le droit de savoir et laissait les autres dans le mystère. Je me souviens avoir eu une longue discussion avec sa banquière, charmante, qui a pris un trois tonnes dans la tronche en apprenant sa maladie.

— Mais ce n'est pas possible ce que vous m'annoncez, mademoiselle, je lui ai encore parlé il y a quinze jours, elle ne m'a pas du tout paru fatiguée, au contraire, nous avons plaisanté, elle devait me rappeler pour un déjeuner !

— Il y a quinze jours, elle était à l'hôpital Cochin, et elle dormait la moitié de la journée, madame, elle vous a menti par pudeur !

— Oh, mon Dieu, je suis choquée. J'adore votre maman, c'est une cliente tellement vivante, tellement drôle, mais c'est épouvantable, je ne vais pas m'en remettre !

Pauvre dame, et moi donc, pensais-je ! Comment vais-je m'en remettre, moi, sa fille ? Je sors à peine de son ventre et je vais être orpheline !

C'est également en farfouillant dans ses papiers que j'ai découvert qu'en plus de son appartement parisien, elle avait gardé en location le précédent, et loué à l'année un deux-pièces à Toulon. Les traites du crédit de la rue Vanneau, les loyers du Marais et de Toulon ! Pour une femme qui n'avait comme revenus que les rentes légères de droits d'auteur de son père et quelques milliers d'euros gagnés çà et là en vendant trois bouquins et cinq carafes XIXe, c'était vraiment irresponsable ! Comment pouvait-elle assumer trois appartements ainsi que la maison du Sud dont elle avait hérité de mon grand-père ? Elle n'avait pas les moyens de ce train de vie, mais l'idée de perdre sa petite construction la terrorisait. La peur de manquer, comme les vieux. On amasse, on possède, donc on ne risque rien ! Mon cauchemar ! Je suis moi-même névrosée, je ne supporte pas qu'une bougie change de place, qu'un cendrier soit sale, qu'un poil de chien vole au-dessus de mon parquet wengé, alors les amas de merdes pour se rassurer, c'est le comble de la pathologie des cinglés.

Avant mon mariage, j'avais l'habitude de dormir chez maman une fois par semaine. Je savais que c'était un plaisir infini que je lui offrais : dîner avec son aînée et s'endormir lovée contre moi, comme lorsque j'avais douze ans. Je faisais toujours l'effort de m'y rendre même si je subodorais l'affrontement ! Le désordre monstrueux qui régnait dans son appartement me collait des angoisses trois jours à l'avance. Comment arrivait-elle à trouver son papier à lettres, une paire de chaussures, ou un sac à main, dans cet incommensurable chaos ?

J'entrais dans un immense caddie de clochard. Il y avait des meubles sur lesquels étaient entreposés des livres, puis des sacs en plastique divers, de vieux bouquets de fleurs séchées, des piles de papiers, des objets en tout genre… et la hauteur de ce bric-à-brac pouvait atteindre un mètre cinquante. Mes yeux suivaient le fatras qui longeait les murs, les angles, les coins. Pas un centimètre ne restait libre. Son épanouissement passait par ce fourbi probablement organisé. Elle avait tout, du beau, du laid, du cher, du rare, du modeste, du chic, du plouc… C'était l'anarchie décorative ! J'éprouvais une sorte de dégoût, de malaise à rester trop longtemps dans ces murs. C'était un étrange paradoxe de pénétrer à la fois dans ma madeleine de Proust et dans ma pire phobie. Elle s'enfermait dans une accumulation matérielle, comme dans un abri nucléaire, où rien ne manquerait en cas d'attaque.

Elle amassait pour garder ses souvenirs, pour avoir le sentiment qu'elle maîtrisait son passé, sa vie. Mimi, ma grand-mère, l'avait tant réprimandée sur ses tenues trop originales, sur son manque de raffinement, sur ses attirances pour des hommes jamais à la hauteur, sur ses études ratées. Elle se sentait privée de la reconnaissance dont elle avait besoin. C'était la quête absolue d'une existence libre, de l'Amour avec un grand A. Nous devions sans cesse lui prouver notre inconditionnel attachement sous peine d'en être exclus.

Une fois que j'avais passé le cap de l'écœurement, j'étais ravie. Je me laissais porter par la soirée, dorloter, câliner, mon palais retrouvait les goûts de ma jeunesse. Des graines en tout genre, des raisins, des pommes, des noix dans la salade, et la saveur merveilleuse de son foie de veau au miel. Puis maman me grattait le dos pendant une grosse demi-heure en me racontant ses paranoïas, ou ses joies du moment.

Preuve qu'elle considérait notre intimité. Nous terminions souvent par un fou rire où je retrouvais mes quatorze ans et nous nous endormions chaudement emboîtées. Mais quand la soirée virait au noir pour une mauvaise réponse, une question hasardeuse, ou une réflexion qui lui paraissaient être un jugement, je savais que je finirais ma nuit avec une boule de pétanque dans le plexus.

— Tu ne m'aimes pas, Zélie… tu t'aimes toi, tu aimerais que je disparaisse… tu cherches à m'anéantir de douleur… tu ne me comprends pas… tu n'as rien dans la cervelle… tu es égocentrique, dure… comment peux-tu dire ça… ne pas défendre ta mère…

Bref, je comprenais aisément que puisque j'étais contre son avis, quel que soit le sujet, j'étais forcément contre elle, voire près de fomenter son assassinat et que, pour finir en beauté, je porterais cette responsabilité toute ma vie.

Ces conversations qui n'allaient que dans un sens et qui ne supposaient aucune argumentation se terminaient généralement par des hurlements hystériques de démente, qui me traumatisaient. J'essayais par n'importe quel moyen de la faire taire. Je la suppliais de ne pas parler fort pour protéger les voisins et ma honte du lendemain matin si je croisais l'un d'entre eux dans l'escalier. Puis je finissais toujours par m'excuser, exsangue de larmes, assise sur le sol de son entrée, la tête coincée entre le vieux portemanteau gavé de vestes et de parapluies poussiéreux et des trois cent cinquante sacs plastique bourrés de vieilles saloperies.

Il fallait revivre régulièrement ses drames, les entretenir. Surtout ne jamais changer l'ordre des choses, la victimisation étant l'étendard des femmes « battues » de notre famille.

Simon est passé un soir, un énorme bouquet de pivoines dans les bras, embrasser Caroline. Il allait commencer le tournage d'un film de capes et d'épées et arborait une crinière d'extensions très à la mode au XVIIe siècle que le coiffeur venait de lui tisser. Son look était à s'étouffer de rire, il ne lui manquait qu'un ras-de-cou avec une dent de requin et Rahan, fils de Craô, était parmi nous !

— Oh ! Il est superbe mon gendre, avait lancé ma mère. Voilà enfin un Indien, un vrai ! Je me sens protégée grâce à tes cheveux…

Elle les avait longuement touchés, comme des fils d'or, puis avait étreint mon homme gentiment.

Maman avait deux filleuls dont elle s'occupait beaucoup. Nicolas, le fils de son amie d'enfance Véro, avec qui elle avait instauré une relation très forte de marraine cocasse-confidente, et Étienne, plus jeune, qui était le petit-fils de ses amis Georges et Mona. Ce dernier habitait en Arizona, à Tucson près de la frontière mexicaine. Elle était aussi très attachée à ce petit garçon et se rendait une à deux fois par an aux États-Unis, revenant toujours avec des centaines de Polaroïds tous plus incertains les uns que les autres. Ma sœur et moi n'en pouvions plus de passer des soirées à faire semblant d'être émerveillées devant ces photos de paysages désertiques mal cadrées, qui se ressemblaient tous. Il fallait l'écouter des heures nous parler des différentes races de cactus qui poussaient aux alentours, et des serpents et autres bestioles proches du coyote avec qui elle avait de longues conversations la nuit tombée ! Elle nous rapportait de chacun de ses voyages des cadeaux. Des croûtes représentant des soleils, le désert, un lézard, que nous devions accrocher illico presto dans nos appartements pour ne pas lui faire de la peine. Des figurines de « pépito » pour touristes, ou des pendentifs improbables. J'ai longtemps porté un grain de riz enfermé dans un petit tube de plastique sur lequel elle avait fait inscrire mon prénom pour lui faire plaisir. Sa maison du Sud regorge encore de toute une collections de cactus tous plus immondes les uns que les autres qui ont fait le voyage dans ses valises.

— Ah ! Voilà mes copains les Indiens, vous savez que ce sont les descendants de véritables grands chefs, ils sont fabuleux, je me sens bien avec eux ! Ce sont de vrais hommes eux, comme les rugbymen…

Regardez ce qu'ils m'ont offert ! finissait-elle dans un soupir de bonheur.

Sur le cliché, maman, ridiculement petite, était encadrée par deux immenses gaillards, arborant des masques en longs poils marronnasses, et portant de larges coiffes en plumes colorées ! En y regardant de plus près, on pouvait voir qu'ils étaient chaussés de baskets bon marché et devaient s'appeler Kevin et Jack. Maman était toute fière de porter son pendentif ridicule, une espèce de cercle en faux daim, avec des franges perlées et des plumettes.

— C'est un « Dreamcast », un capteur de rêve, c'est magnifique, non ?

Nous nous étions une fois de plus esclaffées de rire, ce qui l'avait, une fois de plus, exaspérée.

— On dirait Chewbacca et Casimir déguisés en Apache, maman ! T'étais où ? Dans une fête foraine ?

— Ce que vous êtes bécasses ! Je ne crois pas que vous réalisiez le niveau d'élévation spirituelle de ces gens-là. Ils sont très au-dessus de vous. S'arrêter bêtement à leur magnifique costume traditionnel en gloussant comme des bécassines... Je ne sais pas quoi vous dire !

— Ben ! Ne dis rien, c'est pas très grave... Admets qu'ils ont des tronches de monstres et que c'est comique quand même de te voir au milieu de ces deux grands zouaves !

Elle avait sûrement raison de nous en vouloir. Elle nous faisait voir du pays, nous sortait du petit esprit parisiano-branchouilleux et politiquement correct qui régissait nos vies, et nous ne regardions que ses incongruités. Une autre femme nous aurait épatées par son originalité, sa fantaisie, mais pas elle. Nous désirions plus que tout qu'elle soit juste une maman comme les autres ! Pourquoi ne pouvait-elle pas nous montrer les souvenirs de vacances que nous attendions, des plages, des monuments, des amis souriants ? Non, il fallait qu'elle soit entre deux débiles qui s'étaient collé trois plumes faussement indiennes, mi-western mi-Star wars, et à qui elle avait dû donner 50 $ pour la pose !

Alors que j'étais enceinte de cinq mois, quelques semaines avant d'épouser Simon, elle était venue dîner chez nous justement en revenant des États-Unis, et tout excitée m'avait lancé :

— J'ai trouvé un prénom pour ton fils, ma chérie : « Tatanka » !

J'avais immédiatement recraché la noix de cajou que je venais d'engloutir et Simon était resté sans voix.

— Ta tan ka… mais ça vient d'où, maman ? Je ne peux pas appeler mon enfant Tatanka enfin ! « Tatanka t'as ton K-way » ? « Tatanka t'as qu'à finir ta soupe » ! C'est impossible ! Son père est moitié juif en plus, « Tatanka Blumenthal au tableau » il va mal commencer sa vie, le pauvre chou !

— Vous faites comme vous voulez, les enfants, moi je vous dis que ça lui portera chance. C'est le prénom d'un grand chef indien qui était un guerrier extraordinaire et aujourd'hui avec tous les cons qui se baladent, il faut trouver des solutions pour protéger nos descendants.

— On va y réfléchir, mais ne nous en veux pas si au dernier moment on opte pour Raphaël ou Balthazar !

Je regrette que ce ne soit pas le deuxième prénom de mon fils. Je regrette qu'il ne porte pas sur sa carte d'identité comme un talisman la trace joyeuse de cette grand-mère différente. Bizarrement, je lui rabâche à longueur de journée que de ne ressembler à personne est précieux, que la singularité doit être cultivée, que la différence est une liberté d'expression, le début de l'acceptation de soi et le secret du bien-être. Aura-t-il l'audace, s'il est unique en son genre, de nourrir son anticonformisme ? J'ai moi-même hérité d'une douce folie, d'une extravagance, d'une facilité à créer des liens avec le tout-venant. J'ai pourtant nié longtemps cette ressemblance avec ma mère, pensant que si je ne me démarquais pas d'elle, je tomberais dans un délire mental et souffrirais.

— Zélie, je ne comprends pas pourquoi je ne vais pas au petit coin ! Cette après-midi, tu m'aideras à aller dans la salle de bains, chérie, il faut qu'il se passe quelque chose, c'est insupportable.

Le déni a cela d'inouï. Plus aucun doute, aucune question logique ne vient angoisser la personne qui s'y est logée. Maman avait depuis plus d'un mois une occlusion intestinale, mais ne s'en était pas aperçue ! Comment être assez habile et légère pour que cela ne lui explose pas en pleine tronche ? Comment la guider vers la réalité du destin qu'elle avait, en quelque sorte, choisi ? Ce doit être atroce de réaliser que l'on devient petit à petit une demi-femme ! Plus d'intimité ; plus de pipi rêveur un *Paris-Match* en main ; plus de bain moussant, de brushing, de chansons sous la douche, de séance d'épilation, de crème corporelle à étaler ; plus de sauces à goûter en cuisine, plus de sieste crapuleuse, de clopes après l'amour, de verre de vin avec les copains, de châtaignes grillant dans une cheminée ; plus de cinoche, de théâtre, de voyages ; plus d'achats compulsifs, plus d'achats du tout d'ailleurs. Plus de rêves réalisables. Plus qu'un lit, des bras maigres, des bras tendus vers les autres, en demande, un reste de voix, des grandes dents et des grands yeux creux. Ces petites tortures quotidiennes qui font d'une fille une femme, et dont toutes mes congénères se plaignent de quinze à cent cinq ans, mais qui sont synonymes de vie, de santé, d'évidence, s'éteignent d'un coup avec la maladie, comme une chandelle en bout de course. Pire, elle les a carrément oubliées, elle s'en est délestée par mégarde. Les seules qui aient résisté sont le brossage des dents et l'entretien de ses ongles de pieds et de mains !

— J'ai mal à mon gros orteil, prends mes ciseaux à ongles et coupe le plus loin possible dans l'angle, sinon je vais faire un carnage moi-même !

Elle arrivait à peine à tendre les doigts la pauvre, comment aurait-elle pu se contorsionner jusqu'à ses orteils ? Ce fut sa force d'y croire, et finalement la nôtre de subir son désaveu. Aurions-nous mieux vécu sa fin de vie si maman avait été consciente de sa mort précoce ? Aurait-elle supporté ce déclin ?

— J'ai besoin que Pierre vienne me manipuler, il n'y a que lui qui puisse me soulager, appelle-le.

— Qui est Pierre, maman ?

— Mon étiopathe.

— Ton quoi ? Qu'est-ce que c'est que ce truc encore !

— Ne discute pas pour une fois. Je suis angoissée aujourd'hui, ce n'est pas normal que mes intestins ne fonctionnent plus correctement ; il doit y avoir un blocage. Lui, il sait comment remettre en marche la machine.

C'était la première fois que maman s'inquiétait ! Je n'avais pas le choix, je ne voulais pas la contrarier, même si je savais pertinemment qu'aucun miracle ne se produirait au niveau de son bidon puisqu'il était bouché. Un charlatan de plus ou de moins, au point où nous en étions !

L'étiopathe est arrivé en début d'après-midi. Maman a déployé un immense sourire. Un soulagement se lisait sur son visage. Une parenthèse pour nous qui étions habituées à ses absences de plus en plus longues. Cet homme est resté un quart d'heure, il était très calme, rassurant. Il lui parlait comme s'ils s'étaient trouvés seuls dans son cabinet ; il a touché son cou, à plusieurs reprises, se concentrant quelques minutes sur des points précis, puis il est parti.

Maman allait mieux, si bien qu'elle s'est endormie. Nous sommes sorties de la chambre Julia et moi pour boire un thé à la cafétéria. Une petite demi-heure plus tard, nous sursautions aux cris surprenants de la soignante.

— Oh là, là ! Madame, oh là, là ! Mais qu'est-ce qui vous est arrivé ? Qu'est-ce que vous nous avez fait là ? Mais ce n'est pas possible !

Nous entrâmes paniquées.

— Que se passe-t-il ?

— Eh bien il se passe que votre maman...

— Ah, je suis contente, je suis contente, je savais que tout allait se remettre en place, heureusement que Pierre est venu. Maintenant, je vais pouvoir aller mieux et me sortir de cette merde !

C'était le cas de le dire.

Je ne rentrerai pas dans la vision scatologique à laquelle nous avons assisté, mais je dois dire que je n'en reviens toujours pas ! Comment, alors qu'une grosse tumeur rongeait son bas-ventre et que les médecins nous avaient expliqué que l'occlusion et les métastases ne permettraient plus jamais aucune circulation intestinale, maman avait-elle pu se vider ?

Ce manège a duré quarante-huit heures pendant lesquelles ces pauvres infirmières extraordinaires ont nettoyé la couche souillée de ma petite mère. L'étiopathe n'avait pas pu miraculeusement transformer de la pourriture en chair neuve, mais il avait mécaniquement aidé le bout d'intestin encore viable à se vidanger de ses restes. Le miracle s'était répandu en un temps record dans le centre de soins et une partie du staff était regroupée devant la porte de la chambre ; une espèce de réunion informelle se déroulait devant nos yeux. Les discussions à propos des excréments de notre mère allaient dans tous les sens, puis le médecin de service vint nous dire :

— Vous savez, j'ai fermé les yeux sur la venue du monsieur, car nous sommes dans un espace de fin de vie et que tout est bon si le patient est heureux. Je suis encore une fois très surpris par ce genre de soins. Nous les scientifiques, on nous apprend à rester cartésien, ce genre d'intervention m'échappe, mais je dois tout de même reconnaître que je suis impressionné. Je pense qu'avec les années, le corps médical acceptera l'aide de certaines médecines naturelles.

Loulou arriva en trombe avec les enfants qui se faufilèrent dans la chambre avant que nous ayons eu le temps de les retenir !

— Ah, mais ça pue ! Mamen, c'est ton chien qui a fait popo ?

— Oh ! Mes petits loupiots chéris, c'est gai de vous voir. Non, ce n'est pas Momo, c'est moi, et c'est une très bonne nouvelle parce que je vais très vite pouvoir refaire de la trottinette avec vous ; je suis en train de guérir. Youhou !

Leur rire éclata distinctement.

Ce soir-là, maman me demanda de rester dormir avec elle. Je fis donc installer un lit d'appoint dans sa chambre. Dans la nuit, elle grommela des mots incompréhensibles, poussa des couinements et je pris sa petite main frêle dans la mienne pour la rassurer.

— Hummmm, ma Zélie, reste avec moi, je suis bien quand tu es là, me dit-elle avec une élocution de toxicomane.

— Je ne bouge pas maman, je ne bouge pas.

Des fourmis galopaient dans mon bras endolori, le sang ne circulait plus, mais je n'allais pas en crever, moi !

Nos proches amies sont presque toutes venues. C'était le même défilé que pour un accouchement. Mahaut, Niousha, Martha, les deux Mary, Dina… Elles venaient toutes « saluer » Caroline qui avait bercé leur jeunesse par ses frasques joyeuses, ses petits cadeaux bizarres, ses conseils précieux, ses caresses rassurantes. Maman était le centre du monde et cela lui plaisait. J'avais beaucoup pleuré en les raccompagnant, consciente qu'elles ne se reverraient jamais plus. En revenant dans la chambre, fragile, je m'étais jetée sur elle.

— Je t'aime.

Elle m'avait repoussée brutalement.

— C'est ça, tu m'aimes…

Je n'avais pas compris cette réaction soudainement violente envers moi. Loulou from Brazil qui était présente m'a raconté que lorsque je lui tournais le dos face à la fenêtre, masquant mes larmes, maman m'avait tiré la langue aussi méchamment que Nelly

Olson l'aurait tirée à Laura Ingalls. Je n'étais pas la seule : Georges, Lisbeth, Véro, Dodo, Julia en avaient également fait les frais. Chaque fois qu'elle lançait une petite phrase assassine, acide, aux gens qu'elle avait le plus aimés, je lui demandais :

— Pourquoi dis-tu ça, maman, c'est méchant.

Elle ne m'avait jamais répondu.

— C'est la morphine, mademoiselle, m'avait expliqué une infirmière, cela altère neurologiquement son psychisme.

Ces fameuses phases où le malade accepte petit à petit son destin funeste ont été indispensables pour que maman se libère de ses angoisses, de ses aigreurs.

Je reçus un coup de fil de Lisbeth, son amie d'enfance, me prévenant que la sœur de maman, Blanche, qui avait appris la gravité de son état, voulait absolument la voir. Mon amie Martha avait croisé ma petite cousine, sa fille, dans une soirée, et l'avait prévenue du séisme que nous traversions. Pour des raisons multiples et complexes, les relations entre les deux sœurs étaient mouvementées depuis leur enfance. Leurs personnalités très éloignées les avaient souvent séparées. Elles s'aimaient, dans une forme d'incompréhension, comme c'est souvent le cas dans les familles. Je répondis à Lisbeth qu'il fallait poser la question à maman et que jamais Julia et moi nous ne nous opposerions à ce qu'elles se voient.

Ma tante était persuadée que Julia et moi faisions barrage. Comment aurions-nous osé, si maman l'avait désiré, lui interdire de voir sa sœur !

Un jour, Blanche avait téléphoné sur son portable. Maman était déjà au centre palliatif et notre Brésilienne préférée avait répondu.

— Qui est-ce ? avait demandé Caroline de son lit.

— C'est Blanche, ta sor ; elle vôt té paarler.

— Ah ! Non, non, je ne veux pas, je ne veux pas.

Blanche avait probablement entendu la réponse et donc avait eu la preuve que maman ne désirait pas sa venue. Pourtant, je pense qu'elle aimait cette petite sœur si différente d'elle, mais les décharges conflictuelles, les incompréhensions, les influences, les règlements de compte n'avaient plus leur place dans cette antichambre de la fin. Elle avait besoin que seule sa tribu rapprochée l'apaise.

Au cours de ces deux mois, maman a réclamé sa mère et sa marraine, mortes toutes les deux, Jacqueline, la femme d'un acteur proche de notre famille et son chien. Mais elle avait oublié Blanche... Peut-être pensait-elle la revoir après le rétablissement qu'elle espérait ?

En apprenant que ma tante avait tenté de joindre ma mère, je lui avais demandé :

— Pourquoi tu ne veux pas lui parler ? C'est normal qu'elle ait envie de te voir, c'est ta sœur.

— Parce qu'elle n'a pas compris qui vous étiez. Elle non plus, elle n'a pas eu le bon manuel. Il faut lui pardonner, elle ne sait pas ce qu'elle fait. C'est Jésus qui a dit ça, je crois. Eh bien, il avait raison. Quand même, dire ça sur mes enfants, elle, ma sœur. Je ne veux plus de ces histoires parce qu'un jour, on en meurt et là ce n'est pas le moment. Je réglerai tout ça plus tard, quand je serai guérie. Fais-moi un câlin ma cocotte.

— Haricot, chérie… haricot, vite, vite…

Trop tard, une terrible diarrhée gastrique venait de débarquer. Un palier de plus vers le pourrissement. De la jolie bouche de maman jaillissaient des geysers dignes d'un Alien de série B. Ceux-ci ne prévenaient jamais de leur venue, ils nous narguaient, étaient soudains, nerveux, vifs et agressifs. Mais surtout, ils larguaient leurs effluves innommables.

Je n'avais jamais reniflé une odeur aussi répugnante, une odeur inconnue, insoupçonnable, indéfinissable, un mélange âpre et acide, entre un dépotoir, un égout, et une morgue d'animaux sauvages. Prise de panique, mais ne voulant pas effrayer ma mère, je plaçai avec une dextérité de championne de ping-pong le petit récipient en carton qui ressemblait à un haricot sec que l'infirmière laissait sur la table roulante.

— Mais qu'est-ce qui m'arrive ? Je n'ai pas mal au cœur, je n'ai rien senti venir ! Qu'est-ce que c'est que ce liquide ? Pourquoi c'est couleur caca d'oie ?

— Je ne sais pas, maman, c'est sûrement normal, tu manges peu, et on t'injecte beaucoup de médicaments par intraveineuse, à mon avis tu te nettoies !

— Ah oui, tu dois avoir raison, je le sens, je me nettoie.

J'avais galopé dans la salle de bains pour vomir, tant les émanations étaient pestilentielles, puis vers le coin des aides-soignantes, complètement paniquée. J'étais persuadée que les boyaux de ma mère étaient en phase de désintégration.

— C'est normal, madame, elle a une occlusion vous le savez bien. Ce phénomène aurait dû se produire plus tôt, nous étions étonnées de sa résistance, mais elle fait tout en retard votre maman, elle n'est pas encore prête à accepter de partir.

— Mais cette puanteur, ça vient d'où ? C'est monstrueux, elle ne peut pas sentir la mort comme ça, il faut l'aider ; elle va se rendre compte qu'elle pourrit.

— Non, madame, elle est shootée de tranquillisants et son odorat filtre ce genre de désagrément, mais effectivement, c'est un peu compliqué pour les familles. Nous fabriquons trois litres de suc gastrique par jour pour digérer, et quand celui-ci ne peut plus s'évacuer normalement, il se mélange aux matières fécales et sort par là où il le peut.

J'étais restée sans voix jusqu'à la fin de la soirée. Épouvantée, catastrophée, annihilée par ce que je venais de comprendre. Nous avions assuré ma sœur et moi au jeu de la plus rapide pour les jours suivants, plaisantant chacune sur notre capacité à dégainer le « haricot », prétextant que nous serions toujours plus vives que maman qui ne gagnerait pas ! Elle riait, nous pleurions en silence.

Papa est passé une après-midi, embrasser la femme qui lui avait donné ses deux premières filles, nous les avons laissés tous les deux. Ce fut la dernière fois que nous pouvions ressentir ce doux moment que les enfants de divorcés sont seuls à connaître. Chaque fois que mes parents se rencontraient depuis leur séparation, déjeunaient, riaient ensemble, nous fantasmions en secret, imaginant qu'ils s'aimaient encore et qu'ils se reconquerraient sans notre approbation.

Je crois qu'après cette entrevue, il ne l'a pas revue vivante. Il était si désarmé d'être impuissant. Il a tout fait pour pallier notre chagrin.

Mon père et ma mère n'auraient jamais pu revivre ensemble, ils étaient devenus trop différents ; à se demander comment ils avaient pu se plaire. Papa m'avait raconté le choc qu'il avait ressenti en tombant sur une lettre d'Alix, le voyant, médium, magnétiseur, grande folle coiffée d'un catogan dont le blond aurait rendu verte de jalousie n'importe quelle pouffiasse. Je ne sais plus comment ma mère l'avait rencontré, mais lui en revanche avait attrapé « la pigeonne » de ses rêves ! Drôle, chic et rock'n roll, désœuvrée dans une Afrique désenchantée, cherchant désespérément à vivre d'amour et d'insouciance. Elle devait mendier un soutien dans chaque regard, il lui avait offert le sien. Le gros lot !

Dans ce courrier, ce petit marquis poussait littéralement sa candide amie à quitter au plus vite ce timide et triste garçon de province qui d'après ses voyances ne lui apporterait rien de bon, à part l'enfoncer un peu plus dans un abîme d'ennui. Aujourd'hui encore, je méprise ce personnage (même s'il faisait beaucoup rire ma mère et qu'elle n'avait qu'à pas être aussi naïve) qui a peut-être changé le cours de mon existence avec sa sale lettre.

Papa a lui aussi quelquefois avalé les couleuvres de son ex-femme. Comme ce soir de juillet 1995, lors du mariage de Mahaut, où les deux cents invités, coupe de champagne et petits fours en main, assistèrent, bouche bée, à la claque que maman lui flanqua au bord de la piscine. Ma sœur et moi avions demandé à notre père et Amy s'ils pouvaient inviter Mimi, notre grand-mère, pour une semaine de vacances dans leur maison près de Villefranche car elle était malade et nous ne voulions pas que son été soit parisien et solitaire. Maman, qui à l'époque était en froid avec Mimi, avait très mal pris que son ex-mari joue le gendre attentionné auprès de son ex-belle-mère, oubliant que ses propres enfants portaient celle-ci depuis des années.

Mon père se retint de lui rendre son audace, devant l'assistance médusée, évitant un drame le soir des noces de ma meilleure amie, et éclata de rire pour faire diversion. Mais une fois de plus, je ressentis au fond de moi cet étrange sentiment d'embarras et de tristesse qu'on nomme : la honte.

Finalement il est un homme heureux, équilibré, cultivé et cultivant sa tribu de femmes. Nous sommes en adoration devant lui et son désormais vieux remariage le comble. L'ombre de la méchante belle-mère n'a jamais existé dans nos caboches, et la tendresse qu'elle nous porte depuis plus de trente ans nous ravit. Tout est bien qui finit bien pour lui, tout est mal qui finit mal pour maman… Une drôle de comédie.

Je m'étais endormie dans le fauteuil en skaï de la chambre du centre. Lorsque j'ouvris les yeux, Caroline me regardait fixement, étrangement, son visage maigre, ridé et pâle dans lequel le crabe s'était infiltré ne donnait aucun signe de vie. Plus de couleur, plus de transpiration, plus de grain de peau, rien que du gris sec. Seul son regard brillait, comme un gisant auquel on aurait posé des yeux de verre pour faire plus vrai.

— Je croyais que tu dormais, maman, ça va, tu te sens reposée ?

Elle ne répondit pas instantanément à ma question, m'offrit un joli sourire doux puis lança :

— J'ai décidé de faire confiance à Jésus !

Je m'approchai pour être sûre de ce que je venais d'entendre.

— Comment, tu as quoi ? Pourquoi tu me dis ça ?

— J'ai bien réfléchi, et je vais lui faire confiance.

— Mais… si tu veux, maman. D'ailleurs il y a une très jolie chapelle ici, tu veux la voir ?

— Oh oui ! Prends mes cigarettes, on ira fumer après.

Je pense que ce fut le départ de sa prise de conscience. J'ai débloqué les freins du lit médicalisé, ouvert la double porte, et nous sommes allées nous promener vers Dieu.

Elle a longuement regardé la Sainte Vierge, le Christ sur sa croix, elle a prié et elle m'a dit :

— Ah ! Je suis contente, ça m'a fait du bien.

Jamais elle n'a osé me parler ouvertement de la conscience qu'elle avait de sa maladie. Encore moins de sa mort potentielle. C'est resté un non-dit, comme « la petite boule » ! Peut-être pensait-elle, superstitieuse qu'elle était, que de ne pas en parler suffirait à faire fuir le mal.

Mais elle avait, de loin ou de près, compris que son cas était grave. J'en parlais avec les infirmières, qui me confirmaient que ces fameux stades par lesquels passaient tous les mourants étaient salvateurs et inévitables.

Cela me rassurait. Maman avait probablement bien plus peur qu'elle ne le laissait entrevoir et cherchait une porte de sortie avec airbag.

Elle était devenue paranoïaque depuis l'escroc. Le sbire comme elle l'appelait. Un type envoyé par Madeleine, marraine de mon oncle, amie de la famille, dans les bras de Mimi juste après la mort de grand-papa. En quelques mois, il avait réussi à convaincre tout le monde de ses capacités de conseiller financier. Mimi, Thomas et Blanche s'étaient laissé piéger. Maman était la seule à ne pas avoir succombé. Elle ne le sentait pas, cet étranger venu soi-disant sauver nos finances. Et elle avait raison. Mais Caroline semblait tellement à côté de la plaque, tellement fragile, tellement singulière... Personne n'a pu penser qu'elle était dans le vrai.

— Ta mère est folle, c'est un petit oiseau, me disait ma grand-mère. C'est Dieu descendu sur terre cet homme, il est en train d'arranger la succession, on doit beaucoup d'argent au fisc et sans lui, on serait perdus.

En réalité, ma grand-mère, veuve légale de mon grand-père, héritait d'un arriéré d'impôts depuis son décès. Ce monstre avait profité de sa candeur d'ignorante ou de sa bêtise pour rajouter un zéro à la somme due et lui faire signer des reconnaissances de dettes, lui faisant croire qu'elle était presque ruinée et qu'il lui fallait absolument vendre tous ses biens immobiliers pour régler ce qu'elle devait à Bercy ! Il s'est amusé à duper une femme brillante, élégante, qui avait fréquenté le grand monde. Ça a dû l'exciter de prendre le pouvoir sur cette famille, de les regarder étape par étape se déchirer. Il s'est servi abondamment : villa, voiture de luxe, affaires immobilières. Il a même racheté des tickets gagnants de PMU pour blanchir les sommes volées. Pour Mimi, c'était le sauveur. Elle était empapaoutée jusqu'aux genoux.

Ses enfants vexés dans un premier temps, puis désarmés plus tard de ne plus avoir sa confiance et son écoute, se sont brouillés avec elle. Elle a beaucoup souffert de leurs confrontations et de la solitude qui en a découlé. Ils ont beaucoup souffert de ce qu'ils ont vécu comme un désamour, une trahison.

Ce voleur a isolé ma grand-mère de ceux qui auraient pu entraver ses plans machiavéliques, et petit à petit, la gangrène a grignoté du terrain et tout le monde a sombré dans la discorde. L'horreur pour Julia et moi, adorées par Mimi et le lui rendant bien. Mimi si fragile et si dure, si aimante et si triste. Mais pétée d'orgueil jusqu'à la rate ! Nous n'avons pas voulu rentrer dans la polémique et sommes restées près d'elle longtemps, des années, à vivre avec et pour cette grand-mère « maman », jusqu'à sa mort, essayant de la soulager de ses maux sans solution, de sa culpabilité tragique. Elle est devenue malgré elle une Liliane Bettencourt de supérette. Esseulée, dépouillée et délaissée par ses enfants qu'elle privait de plus d'un héritage très confortable.

Cette mascarade a duré dix ans durant lesquels maman a essayé par tous les moyens de convaincre sa famille de la duperie dans laquelle elle s'était malgré elle installée. Elle a crié, pleuré, pour que l'on reconnaisse qu'elle avait été la première à comprendre qui était cet homme. Thomas et Blanche ont fini par suivre ses conseils. Cette dernière a d'ailleurs porté plainte contre lui, et grâce à elle, il a été arrêté, enfin.

C'est précisément à cette époque que maman a basculé plus profondément dans une folie schizophrène. Personne n'avait daigné la croire alors qu'elle était la première à avoir senti, reconnu le traître. Elle restait un phénomène pour la famille, une petite bonne femme marrante qui savait amuser la galerie et quelquefois leur faire honte, mais lui faire confiance était impossible. Cet épisode a beaucoup affecté ma mère, et la paranoïa s'est installée comme une fleur.

— Les filles, interdiction de donner mon adresse ou mon numéro de téléphone à qui que ce soit ou je ne vous vois plus ! Je suis sûre qu'il me recherche, et je ne voudrais pas disparaître sous un bus accidentellement !

— Mais arrête ton délire, maman, les flics l'ont chopé, il va faire six mois à la prison de la Santé.

— Justement, il va ne faire que six mois et quand il va sortir, ce sera ma fête ! Vous ne savez pas qui est ce type, c'est un monstre, capable du pire.

— Mais tu es en paranopsychiatrique ! Je peux donner ton portable à Simon quand même ? Quand tu gardes Balthazar, il faut que tu sois joignable !

— Non, non, surtout pas, je veux que personne ne sache où je suis. Quand vous voulez me parler, vous laissez sonner deux fois puis vous raccrochez et vous rappelez, puis vous laissez sonner trois fois. Je prendrai l'appel.

Pour se cacher, elle s'était installée boulevard Suchet, ce grand axe vide et froid proche de la porte d'Auteuil. Un petit appartement en rez-de-chaussée, triste et impersonnel où nous détestions aller. Elle n'y était pas heureuse, elle avait honte de nous recevoir dans ce qu'elle appelait son « entre-deux ». Elle avait honte d'avoir tout perdu. Grand-papa avait offert à chacun de ses enfants un appartement dans les années 80. Maman avait choisi celui de la rue Bréa, dans le VIe arrondissement, à côté du restaurant russe, Dominique. C'était une période merveilleuse, chaude. Caroline était belle, drôle, rebelle. Elle avait des amis en pagaille, travaillait, sentait sa vie éclore. Dix ans plus tard, après trois amants indélicats, et une légèreté existentielle, il ne lui restait plus rien. Elle se sentait seule. Nous étions adultes, libres de nos paroles et de nos actes, nous étions proches de sa mère malade avec laquelle elle était en conflit. Il n'y avait plus d'homme dans son cœur, plus d'argent dans sa bourse, juste la peur qui se réinstallait. Elle était toujours présente cette salope, prête à bondir au moindre accroc. Elle grignotait petit à petit le peu de confiance qui lui restait.

— J'ai froid, je suis fatiguée.

— C'est normal, on s'est baladées aujourd'hui. La chapelle, la cigarette, la petite discussion avec la jolie bonne sœur. Je vais demander une couverture et tu vas te reposer.

— Non, je préfère mon châle Ausoni, celui que papa avait offert à maman, il me rassure. Prends-le dans le placard.

Elle avait à peine terminé sa phrase que ses yeux se fermaient doucement comme de lourdes portes anciennes. Elle avait froid ma petite mère, dans cette maison de fin de vie surchauffée. Était-ce le froid de la mort qui montrait le bout de son nez ? Pourtant, elle n'avait jamais été frileuse, au contraire. Il faisait toujours trop chaud dans les restaurants, dans les maisons, dans les trains, les avions, les voitures. Elle ne supportait pas les cols roulés, ça l'étouffait, les soutiens-gorge, ça la compressait. Elle tenait tout de même à en porter pour que sa féminité ne soit pas entravée, mais en y rajoutant des élastiques si longs aux accroches, que le soutif ne soutenait plus grand-chose.

Un été, Julia et moi étions arrivées plus tôt que prévu dans sa vieille baraque en pierre, nichée sur les hauteurs cannoises. Nous voulions lui faire une surprise. Quelle ne fut pas la nôtre lorsqu'en avançant vers la maison, nous aperçûmes au fond du jardin des gens nus comme des vers !

Nous avions à peine la trentaine et attachions beaucoup d'importance aux regards des autres. Nous étions particulièrement enfermées dans un modèle d'us et coutumes de minettes bobo chic.

— Attends, je rêve ou ils sont tous à poil ?

— Non, tu ne rêves pas, Zélie, ils sont bien tous à poil, me répondit Julia séchée.

— Mais qui sont ces gens ? Il y a une grosse dame qui joue au scrabble avec maman et un vieux qui coupe les rosiers quéquette à l'air !

— On appelle ça une tige, ma vieille ! me dit ma sœur en éclatant de rire. Et les inconnus, c'est Georges et Mona, tu ne les reconnais pas ?

— Franchement, à poil, ils n'ont pas la même gueule.

J'étais sciée. Nous les avons observés longuement, attendant probablement de leur part une attitude déplacée. La situation nous semblait si ubuesque. Rien ne s'est passé. Ils vivaient normalement, simplement ils vivaient nus ! Heureusement que nous étions venues seules, sinon je crois que nous nous serions enfoncées d'embarras sous la fosse septique du jardin !

— Klaxonne un coup, je ne veux pas les gêner.

— Maman ! C'est nous…

Elle se drapa d'un paréo apparemment préparé pour notre arrivée et courut dans notre direction. Mona se couvrit avec une panique certaine et Georges que rien ne trouble jamais resta en tenue de nouveau-né qui a pris un sacré coup de vieux !

Plus tard, dans l'après-midi, je lui demandai si elle ne trouvait pas impudique de faire du nudisme avec ses vieux amis.

— Mais il n'y a rien de plus gai que de vivre à poil. Vous êtes enfermées dans des conventions de mémés du VIIe arrondissement, c'est d'une tristesse. Quel bonheur de nager nue, de bronzer nue, de manger nue. Ce n'est ni sale ni honteux. On appelle ça l'autonomie, le libre choix.

— Je ne critique pas, maman, je te pose la question parce que je serais mal à l'aise face au sexe de Georges ou à la foufoune de Mona toute la journée. Qu'est-ce que tu crois ? Que je suis une bonne sœur ! Moi aussi j'adore être indépendante, je suis tout sauf coincée. C'est quoi ce discours de soixante-huitarde démago ! Simplement, j'ai un minimum de décence et je ne peux pas te dire que l'intimité vieillissante de tes potes soit agréable à regarder.

— Eh bien, moi, je m'en fous, je suis dans mon jardin, je fais encore ce qui me plaît chez moi ! Et je nous trouve très beaux en plus !

C'est vrai, de quoi me mêlais-je ? Elle avait bien le droit de se foutre à poil dans sa maison. Le problème ne venait pas d'elle, il venait de moi. Je n'acceptais pas que ma mère n'agisse pas comme la majorité des gens, je n'acceptais pas qu'elle ne soit pas comme JE la désirais. J'aurais aimé qu'elle porte une djellaba en coton blanc sous un maillot couleur taupe, qu'elle m'accueille en me couvrant de baisers, que dans ma chambre ensoleillée, un livre qu'elle m'aurait conseillé traîne sur la table de chevet. J'aurais voulu être attendue comme le messie ! C'était immature de ma part, égoïste. De plus, je transpirais la pudibonderie, je le comprends aujourd'hui.

Maman était une jalouse. Elle attendait que je l'aime, elle, entièrement, plus que tous les autres. Plus que mon père, ma grand-mère, mes amis les plus chers. Que je sois toujours d'accord avec elle, que je la défende coûte que coûte. Rares étaient ceux qu'elle exemptait de reproches. Simon, intouchable. Ma sœur, son sang. Et mon fils puisqu'il était « indigo » et, de surcroît son enfant plus que le mien. Quelques rares chanceux avaient aussi ses faveurs, souvent des hommes ou des personnalités fortes. Mes deux premiers amours en particulier, Marc et Laurent, qui étaient restés des amis. Elle les avait connus très jeunes et était toujours émue de les revoir à nos soirées. Mais si je m'avisais de parler un peu trop souvent d'une personne en vantant ses atouts, j'étais forcément la reine des ingrates. Elle avait agressé Bab, une amie très chère, très drôle, très singulière, comme elle, parce qu'elle lui ressemblait un peu et qu'elle prenait, à son goût, une grande place dans ma vie. Son grand truc, c'était la victimisation. Ça marchait d'ailleurs assez bien avec les gens qui nous connaissaient peu. Comme maman compartimentait absolument tout, il lui était facile de gérer à bonne distance ses petits mensonges, loin d'être méchants, mais méchants de loin.

Un soir, dans un cocktail, la réflexion d'une de ses connaissances me glaça :

— J'ai dîné avec Caroline la semaine dernière, dis donc Cocotte, sois un peu gentille avec elle quand même, c'est ta mère !

J'étais restée sciée, très mal à l'aise d'imaginer ce qu'elle avait pu lui raconter pour se rendre intéressante.

Elle rabotait quelque peu mon image de « jolie comédienne », trop appréciée à son goût.

— Elle est belle votre fille et elle a du talent !

— Ah oui, ça pour être belle, elle est belle et bonne actrice. Elle peut être drôle aussi, mais ça, elle le tient de moi. En revanche, comme fille, ça n'est pas toujours facile !

Ce qui laissait la liberté aux gens d'imaginer toutes sortes d'épouvantables défauts d'enfant indigne que j'étais et lui donnait une place de victime injustement crucifiée. Un poster géant de cette pauvre mère esseulée, si malheureuse, martyre de son ingrate progéniture.

— Ah, les enfants, vous savez ce que c'est !

Pourtant, je sais que Caroline m'aimait tendrement, mais elle n'avait pas appris les mots pour me le dire.

Elle dînait un soir chez Lipp et y avait croisé Tom Cruise, attablé avec sa Penélope du même nom. Ils semblaient apprécier l'atmosphère typiquement parisienne de cette vieille brasserie chic où les serveurs sont aussi courtois que des aristocrates de sang bleu.

— *Sorry to disturb you, but I know who you are Tom !* (Elle avait ricané de sa blague de mauvais goût.) *May I give you a kiss ?*

Tom Cruise s'était gentiment levé pour embrasser maman, la serrant dans ses bras chaleureusement comme seuls savent le faire les Amerloques. Ils sont tellement plus simples que nous dès qu'il s'agit d'apparence. Penélope, quant à elle, lui avait offert un large sourire.

— *My daugther is an actrice as you ! Yes, I'm not kidding, she's acting an Oscar Wild play at that time. Do you want I ask her some invitations for you ?*

Heureusement que je n'étais pas présente : « j'aurais mouru » pour la millième fois de ma vie, étouffée dans une atroce confusion ! Ils avaient refusé la proposition avec beaucoup d'élégance et s'étaient rassis. Il faut faire preuve d'une immense patience face aux curieux lorsqu'on est un couple mondialement connu, et qu'on dîne en amoureux dans une brasserie romantique de Saint-Germain-des-Prés. Mais lorsqu'en plus, on croise le chemin de ma mère !

— Zélie, je dînais l'autre soir chez Lipp avec Lisbeth et nous sommes tombées sur Tom Cruise et sa petite copine… Oh, merde, comment s'appelle-t-elle déjà ? Elle est espagnole, un peu ton genre.

— Penélope Cruz, maman… mais elle est aussi méditerranéenne que je suis celte, on n'a rien à voir l'une avec l'autre, qu'est-ce que tu racontes !

— Oui, c'est ça. Ils ont presque le même nom. Il est incroyable lui. Beauuuu, sympaaaa, vraiment… Chié, tiens ! En revanche l'Espagnole… Bon, elle est très mignonne avec ses grands yeux noirs, mais c'est un petit pot à tabac ! Elle ne t'arrive pas à la cheville ma chérie, tu es cent fois plus belle, cent fois plus élégante. Tu as du « chien » toi.

Ce genre de réflexion subjective, dont on sait pertinemment qu'elle n'a aucun sens puisque la Penélope en question est au-delà de la bombe atomique, fait tout de même bien plaisir à une fille qui se sent mal aimée par sa mère.

J'avais pris l'habitude de m'assoupir sur le fauteuil en simili cuir, le *Parisien* collé aux doigts, un filet de bave séchée aux coins des lèvres et une énorme langue de chameau obstruant ma minuscule bouche. J'avais dû ronfler le bec ouvert. Je sortis de ce sommeil léger et mes yeux se fixèrent directement sur elle. Elle me regardait, apaisée, comme soulagée d'un poids.

— Tu veux de l'eau ? Parce que moi je peux boire l'Atlantique, je suis complètement déshydratée.

Elle me répondit un joli « non » en fermant délicatement ses yeux et continua à me dévisager. Je m'allongeai près d'elle, comme lorsque j'étais petite, blaguant qu'il fallait qu'elle pousse ses grosses fesses pour m'éviter une chute solitaire et je lui pris la main.

— Je t'aime maman, tu sais…

Et là, miracle… D'une petite voix fluette et sourde elle me souffla :

— Moi aussi je t'aime ma chérie, je t'aime plus que tout. Je ne savais pas que tu étais si généreuse, si douce, que je comptais tant pour toi. Tu es mon bébé, mon petit bébé.

Puis elle prit mon visage entre ses mains osseuses et l'embrassa goulûment comme on bouffe son nouveau-né.

Ce fut un moment de grâce entre elle et moi. J'aurais pu me dire « tout ça pour ça », mais j'ai pensé « ça y est, elle m'aime enfin pleinement. Je vais être délivrée, guérie ».

Ce n'est sans doute pas par hasard si cet irrésistible besoin d'être aimée a dévoré mon existence. Je venais d'avoir la réponse à mes interrogations, la récompense à ma quête maladive. La forme à ce moment précis qu'avaient prise ces trois mots « je t'aime » m'avait réconciliée avec la névrose infantile qui me suivait depuis toujours. Ma mère m'aimait, je n'étais pas née pour rien.

Ses sommeils étaient de plus en plus longs, ses réveils de plus en plus courts, elle ne s'éveillait que quelques minutes par jour. Ses dernières forces s'amenuisaient. Il ne lui restait qu'une brindille de vie, un souffle. L'anxiété et sa meilleure copine, la panique, nous rongeaient. Nous étions des plaies à vif. La peur que cette fin inexorable se plante devant nous sans prévenir recommençait à nous narguer.

— Je veux ma maman… je veux ma marraine… Mamannnnn…, laissait-elle échapper dans un râle.

Il m'était très difficile d'accepter que ma mère soit réduite à parler comme une enfant de trois ans. Les larmes dégoulinaient à grande vitesse sur mon visage, mon cou, mon décolleté, pour terminer leur course sur mon nombril.

— Mais Mimi est morte il y a un an et demi, et Madeleine il y a trois ans.

— Je veux Jacqueline alors, elle est comme une maman, appelle-la, vite, vite...

C'était la femme du grand acteur, ami de grand-papa et de Mimi. Elle connaissait intimement notre famille et en avait partagé les bons et les très mauvais jours. Ma grand-mère les avait même accompagnés pendant leur voyage de noces à Venise parce que grand-papa venait de lui faire faux bond.

Jacqueline est venue. Elle a déposé sur la table roulante qui servait de chevet une photo encadrée, sur laquelle elle posait avec son mari, ma mère et sa marraine. Elle est restée des heures, elle a rassuré, câliné, apaisé Caroline, lui donnant toute l'attention qu'elle réclamait. Comme une mère. Elle lui a fait un bien fou.

Mais son état s'aggravait à grande vitesse. Maman poussait des bruits rauques, des cris plaintifs et n'arrivait plus à articuler un mot. Elle s'énervait, comme un bébé qui essaye de parler et qui peste de ne pas être compris. C'était le début de l'agonie. Je lui avais pris la main et lui avais dit :

— Bon, on va faire un deal, maman, si tu te sens bien, tu serres ma main une fois. Si tu as mal, deux fois. Et si tu as peur, trois fois. Je reste avec toi ; je ne te quitte pas d'un poil. Tu es juste fatiguée, c'est normal. Repose-toi, sois paisible, il ne peut rien t'arriver, je suis là.

C'était insupportable de sentir la trouille la terrasser, car elle avait raison : on doit paniquer horriblement lorsqu'on sent la mort poindre ! J'étais blême, fragile, perdue, si seule avec ma terreur.

Son portable sonnait sans arrêt. Qui cherchait donc à lui parler avec tant d'insistance ? Je sortais de la chambre avec son téléphone.

— Caroline ? Ah ! Enfin tu réponds, c'est Édith, que se passe-t-il ? J'essaye de te joindre depuis des semaines ?

— Ce n'est pas Caroline, c'est sa fille Zélie. Maman est souffrante, je suis désolée. Ça va être compliqué de vous la passer.

— Ah ! Zélie, dont j'entends parler depuis des années, je suis ravie de tomber sur vous, je vous avais croisée une fois, il y a des années dans le Sud, vous m'aviez préparé un cocktail au rhum formidable. Souffrante ! Ce n'est pas grave au moins, quand puis-je la joindre ?

— Écoutez madame, si… c'est grave, c'est même très grave, c'est horrible à annoncer, mais maman ne vous parlera plus, elle est très fatiguée, elle va mourir.

La dame ne répondit pas immédiatement. Je perçus un énorme malaise, un effondrement, une anxiété vertigineuse et soudaine dans sa respiration.

— Mais, c'est épouvantable ce que vous me racontez, je l'ai eue il y a trois semaines au téléphone, on devait se retrouver au club des croqueurs de chocolat comme chaque mois et elle n'est pas venue vendredi. Je me suis inquiétée, mais je ne pouvais pas imaginer une chose pareille, qu'est-ce qu'elle a eu ?

— Un cancer, madame.

C'était incongru d'entendre une femme que je ne connaissais pas pleurer au bout du fil.

— Je prends un train à la première heure, je serai là demain vers 13 heures.

Cette dame, en arrivant, se jeta immédiatement dans mes bras, me reconnaissant comme si j'étais une nièce. Elle me demanda si elle pouvait entrer dans la chambre.

— Ne lui parlez pas, s'il vous plaît. Elle est encore consciente et je ne voudrais pas qu'elle croie que je l'ai trahie. Elle n'aurait pas souhaité que vous la voyiez dans cet état.

— Non, non, je veux juste être près d'elle une dernière fois, lui dire au revoir.

Nous sommes rentrées dans la chambre tamisée, je me suis approchée du lit doucement. J'ai dit :

— Tu sais Mamoune, ton amie des croqueurs de chocolat a laissé plusieurs messages sur ta boîte vocale, elle t'embrasse.

— Édith, ah… c'est une fidèle, elle ! a-t-elle grommelé indistinctement.

Édith, cachée près de la porte, a souri et pleuré en silence.

Nous sommes allées ensuite boire un verre au troquet du coin. Bouleversée, cette femme m'a raconté sa Caroline. Culottée, percutante, provocatrice et si marrante. Puis, probablement pour soulager le choc et la peine qui l'envahissait, elle s'est confiée à moi, qu'elle ne connaissait pas. Elle m'a parlé de sa vie. D'un jeune amant rencontré sur le bassin d'Arcachon quelques décennies plus tôt, de son mari souffrant, de son ennui de la province. Hallucinante, démente, lunaire conversation dont je me souviendrai longtemps. Depuis ce jour, j'entretiens une relation épisodique, mais d'une tendresse infinie avec Édith. Nous sommes attachées l'une à l'autre intimement et secrètement.

Milla, la femme de mon oncle Thomas, est apparue derrière les portes vitrées de l'entrée du centre. Elle avait couru. Elle arrivait de Suisse et était essoufflée. Un mois et demi plus tôt, maman avait reçu une lettre de son frère. Elle en avait été retournée. Elle m'avait subitement lancé :

— Appelle Milla s'il te plaît, je veux lui parler.

Ma tante que je n'avais pas eu le temps de prévenir de cet appel fut surprise que sa belle-sœur avec qui elle n'était plus en contact depuis des siècles veuille subitement la joindre.

— Oh ! Milla. Je suis contente d'entendre ta voix, elle n'a pas changé. Comment vas-tu ma chérie ? Il fait beau dans vos montagnes ? Ah ! Il neige... Oh ! Ça doit être merveilleux tout ce blanc. Je t'ai juste aperçue à l'enterrement de maman l'année dernière... Tu es toujours aussi belle. Oui, moi ça va, je suis un peu fatiguée, mais je tiens le coup, on va se revoir...

Zélie m'a dit que vous vous parliez souvent. C'est bien, vous allez voir, elles sont formidables mes filles. Comment va Thomas ? Il m'a envoyé une très belle lettre.

Puis maman fut submergée par l'émotion en une fraction de seconde et, les joues mouillées, lui dit soudain :

— Je ne peux pas discuter trop longtemps, mais tu diras à mon frère que je l'aime… je t'embrasse fort, je t'embrasse.

Puis elle ajouta d'une voix de petite fille :

— On se voit bientôt…

Je fus saisie, ébranlée. Je présumais qu'elle voulait leur dire en vrac : bonjour, au revoir, je ne vous ai pas oubliés, vous êtes dans mes pensées, dans mon cœur, mais on ne se verra plus. Je n'eus pas envie de la questionner. Elle avait encore le droit à la pudeur.

— Elle a toujours été belle et gentille cette Milla, n'est-ce pas ? Tu me fais un gratte-dos, ça me démange ; à droite, plus bas, un peu à gauche, descends, encore un poil… ah voilà, hum… ce que c'est bon quand ta main trouve le point qui chatouille, c'est un ersatz d'orgasme. Merci, ma chérie, je vais dormir un petit peu, à tout à l'heure…

Et s'il n'y avait plus de « tout à l'heure », si tout à l'heure c'était hier, avant-hier, il y a trois ans, dix ans ! Il ne finissait par rester que des minutes de vie dont nous devions nous gaver.

Annabelle, sa nièce, la fille de la demi-sœur aînée de maman, avec qui elle avait été élevée, débarqua avec son amoureux Jean-Luc en fin d'après-midi... Caroline, au coin du trottoir de la rue de l'Ave-Maria où elle tenait son magasin de livres anciens avec Georges, les avait présentés.

— Où est Caro ?

— Dans sa chambre, mais elle dort tout le temps tu sais, je ne sais pas si elle va t'entendre.

— Si. Elle va m'entendre, j'en suis certaine. Je pense souvent au jour où, débarquant à Paris avec mon fils de cinq ans sous le bras, ta mère m'a installée dans un petit hôtel du Marais en me vendant son charme atypique. « L'hôtel des fées » ! Ça puait l'onirisme. En arrivant, la moquette miteuse et les murs sales m'ont un peu angoissée, mais j'ai attendu de voir la chambre. Un cauchemar ! Un lieu pour se suicider... Mon fils avait une tortue de terre dont il n'avait pas voulu se séparer et ta mère m'avait dit : « Laisse-la dans la douche avec un peu d'eau, on ne va pas l'emmener au restaurant. » En revenant, la bestiole avait disparu, le petit hurlait. On a fouillé partout, dans les placards, on a cherché sous le lit. Rien... En descendant voir le réceptionniste, on a croisé plusieurs femmes étonnantes dont certaines étaient torse nu ! C'était un hôtel de passe ! « C'est la vie parisienne, m'avait dit Caroline, au moins on ne s'emmerde pas ! » Nous avions ri jusqu'à se tordre le ventre et exigé le retour de la tortue sous peine de porter plainte. Elle est réapparue le lendemain matin, la femme de ménage l'avait volée ! Ta mère, c'était vraiment une rigolote qui n'avait aucun complexe. Je voudrais rester seule avec elle, je peux ?

L'idée qu'elles se pardonnaient plein de trucs en secret comme deux petites gamines dans une chambre, éclairées par la lune, m'a beaucoup émue. Nous étions Jean-Luc, Julia et moi en grande discussion avec les infirmières pour négocier qu'on lui file un médoc qui l'aide à doucement atteindre les profondeurs.

— Elle n'est plus consciente ou elle n'a plus la force de réagir ? Sent-elle qu'elle part ? Parce que ce n'est pas la même chose !

— Non, elle n'est plus consciente, mais nous n'avons le droit de lui administrer que des anti-douleurs et des sédatifs légers, me répondit l'infirmière.

— Oui, ça on a bien compris qu'en France, il faut que tout le monde souffre atrocement en attendant que son parent, qui n'a pas plus de chance qu'une fourmi dans le métro de rouvrir un œil, meure de sa belle mort !

— Elle ne souffre plus, mais légalement, nous devons attendre qu'elle décède naturellement.

— Mais puisqu'elle était déjà condamnée il y a deux mois, puisqu'elle est chez vous où tous les « clients » ont en commun qu'ils y viennent crever, puisque vous nous affirmez qu'elle est au bout du chemin, que c'est inéluctable, qu'elle ne peut plus se réveiller, que c'est une question d'heures… Ce n'est pas supportable pour nous de la voir grogner en se mordant la langue. On lui enlève sa dignité.

— Pourquoi ne lui donnez-vous pas du « Shmouk » (je ne me souviens plus du nom du médoc et ça n'a aucune importance d'ailleurs !) ? a lancé Jean-Luc le neurochirurgien. Vu son état d'extrême faiblesse, cela devrait la soulager vite, la détendre.

Maman était entrée dans un sommeil comateux. Nous ne savions pas si nous reverrions jamais ses yeux verts et ses grandes dents.

Il était 23 h 10. Nous traînions à table Loulou, papa, Julia et moi. Simon venait d'aller se coucher, il devait se lever à 6 heures pour son boulot. Mon portable sonna. Je regardai le numéro. Je savais que c'était la mort.

— Bonsoir, madame, je suis le médecin de garde de Jeanne Garnier…

Elle n'eut pas le temps de terminer sa phrase. Je la coupai :

— Maman est morte, c'est ça ?

— Oui, il y a cinq minutes.

— …

Mon souffle déjà atrophié s'est coupé net. J'ai laissé échapper un sanglot lourd et saccadé, puis j'ai repris la parole :

— Elle ne s'est pas étouffée, elle ne s'est rendu compte de rien, elle n'a pas souffert ?

— Non, ne vous inquiétez pas. Elle dormait profondément et son cœur s'est arrêté doucement. Je suis désolée.

Un silence.

— Pouvez-vous venir demain matin ? C'est un peu brutal, je sais, mais malheureusement nous devons libérer la chambre assez vite, et régler les papiers administratifs. Les listes d'attente sont longues.

— Mais elle va aller où ?

— Elle sera transportée dans les chambres froides au sous-sol, en attendant les funérailles.

Mon père a littéralement blêmi et enfoui son visage dans ses mains. Il est resté paralysé, anesthésié, dans la même position pendant quinze minutes. Julia, Loulou et moi avons lâché les chevaux comme dans une fantasia ! Notre émotion maîtrisée jusque-là a explosé si fortement que Simon en caleçon, les cheveux en pagaille, est sorti de notre chambre, le visage déjà dévasté. La chandelle avait fait son temps. Ça m'a donné l'impression d'une vieille boîte à musique sur laquelle tournoyait une ballerine. Les dernières notes héroïques qui poussent d'un millimètre de plus l'automate, jusqu'à l'arrêt final.

Le 26 janvier 2009, soixante-neuf jours après ma découverte funeste de novembre, à 23 heures et 5 minutes, Caroline A., née le 28 juin 1950 à Lausanne, est morte ! Soixante-neuf jours, c'est tout de même mieux que les dix que le docteur Moncul m'avait annoncés. Pourtant, elle nous avait toujours promis, juré, craché de ne jamais nous quitter !

Nous l'avions laissée vers 21 h 30, le rythme de sa respiration était régulier, un air paisible la protégeait. Elle a attendu notre départ. Je suis intimement persuadée qu'elle ne voulait pas mourir devant nous. Il paraît que c'est fréquent chez les « pratiquement morts » ! Cette nuit-là, j'ai réveillé ma sœur à 4 heures du matin pour l'interroger :

— On va l'habiller comment ? Tu es d'accord si on lui met ma robe rouge Paul and Joe ? C'est une couleur forte, et puis elle la trouvait sublime. Je voudrais qu'elle soit une bombasse dans sa boîte. « Tu peux rentrer là-dedans toi, tu as de la chance », m'avait-elle dit un soir m'observant me préparer pour un anniversaire. Eh bien, maman, c'est ton tour de la porter cette jolie robe, même si je ne crois pas que ce soit une chance.

— Rouge ? Ce n'est pas un peu agressif ? avait grommelé ma sœur.

— Non, c'est joyeux, c'est vivant, c'est la couleur du spectacle. C'était tout elle, Julia.

Je n'aime pas voir les morts ! Elle était toute raide ma petite maman, et semblait encore plus maigre et plus petite que d'habitude ! Un gisant en porcelaine sale. Je l'ai embrassée, mais je n'ai pas aimé. Cela m'a dégoûtée, gênée et apeurée d'être face à l'étrangeté du trépas. J'en avais vu des morts ! Mamie Camille, Mimi, Barry notre doudou guinéen que maman avait réussi à faire nationaliser français à notre retour d'Afrique et qui était décédé dans nos bras à la naissance de Balthazar... Je les avais veillés plusieurs jours, tradition oblige.

— Allez dire au revoir, les filles, c'est important de se recueillir, de prier pour que l'âme s'élève, se délivre.

On croit que l'on est assez costaux, assez matures, que l'on peut supporter. On croit que l'on doit bien ça à la personne aimée. Finalement, il s'en fout le macchabée, de notre peine, de notre respect, de la tradition des vivants ; il est déjà au cul de l'univers. Ce besoin qu'ont les hommes de méditer devant une dépouille comme si c'était celle de Jésus, de Mahomet ou du roi Salomon, c'est débile. Recouvrez-le d'un tissu, putain de merde, qu'on ne voie plus sa tronche ! C'est une épreuve d'être face à un visage qui ne s'exprime plus, qui ne sert plus à rien. Plus de couleur, de mouvement, de chaleur, d'odeur, de charme, de sens. Même plus un soupçon de lumière. Un cadavre devient par essence un objet encombrant, lourd, sec, froid, dénué d'attrait. J'ai déjà du mal avec un lapin écrasé sur une route de campagne, alors ma mère ! J'y suis allée parce que j'ai suivi le mouvement, parce que j'étais sa fille, j'étais responsable. Les gens n'auraient pas compris. C'est le devoir judéo-chrétien qui m'a poussée à assumer cet instant glacial. Aujourd'hui, quatre ans et demi après, c'est toujours d'abord cette première image qui apparaît. Un gros morceau de chair décharnée, inerte, et cireuse.

Je n'ai pas pu assister à la mise en bière ; trop dur. Julia s'y est rendue avec Niousha, Georges et Lisbeth. Il paraît que maman était belle, qu'elle semblait reposée et en paix. J'attendais dans le couloir en essayant de ne pas imaginer qu'on l'introduisait dans un coffre et qu'elle ne pourrait définitivement plus jamais respirer ni sortir. J'ai accompagné la bande au niveau -2. Je voulais jouer mon rôle et soutenir Julia lorsqu'elle sortirait en larmes, une fois le cercueil scellé. C'est drôle, c'est un autre monde en bas. Au-dessus, chez les vivants, il y a du bruit, des rires, des toussotements. La lumière du jour traverse de toutes parts les halls et les chambres, la vie est encore plus forte, présente. Chez les morts, l'atmosphère est voilée, les éclairages doux, on respecte, on chuchote, on marche sur la pointe des pieds, on flotte. Tout ce carnaval, c'est pour ceux qui restent, les morts s'en tapent, eux ! Un couloir avec une enfilade de portes numérotées.

— Bonjour, madame, nous sommes les filles de Mme Caroline A…

— Oui, elle est dans la numéro 3, derrière vous à gauche et deuxième porte sur votre droite.

Nous l'ouvrons, effrayés de découvrir l'image atroce de la dépouille de notre matrice et là… Nous sommes rattrapés par un malaise épouvantable suivi d'un fou rire nerveux. Maman n'est pas là. En revanche, assis tout autour de la pièce, une quinzaine d'hommes barbus en tenues blanches sont surpris dans leurs prières et soulèvent un regard interrogateur. C'est un monsieur âgé qui gît sur la table à roulettes, et il est musulman !

Nous nous excusons platement, refermons la porte, et Georges lâche avec son joyeux accent toulonnais :

— Ah ! C'est Caroline qui nous fait une blague, c'est sûr, elle n'a pas pu s'en empêcher, elle s'est travestie en vieille Arabe, elle veut qu'on se marre…

Et on s'est marré !

— Je suis navrée, on a perdu votre maman, mais elle ne doit pas être bien loin, ne vous inquiétez pas on va la retrouver.

Cet épisode tragi-comique m'a confirmé que ma mère même canée n'était décidément pas comme les autres.

Le corbillard n'arrivait pas. Bloqué sur l'autoroute à cause du verglas. Nous commencions à être en retard pour la cérémonie et avions envisagé de mettre le cercueil sur le toit de mon Austin break. Cela aurait été tellement drôle de sentir maman, sanglée autour de la voiture, nous dessous, elle dessus. Un dernier voyage original, à l'air frais. Finalement les croquemorts ont fait leur entrée et ont foncé vers le Palais-Royal.

Loulou from Brazil a fini par nous raconter il y a peu de temps que, deux semaines avant son décès, elles avaient eu une drôle de conversation.

— Viens près de moi ma cocotte noire. Qu'est-ce que j'ai exactement, toi qui sens tout ?

— Mé, tou as lé cancer, tou lé sé bien.

— Ah ! C'est sûr ? J'ai fait l'idiote, j'ai fait l'idiote, je n'ai pas voulu voir.

Puis soudainement, comme une enfant perdue :

— Mais tu peux m'aider toi, tu es une vraie Indienne, une bonne sorcière. Tu as vécu dans la jungle, tu connais la magie. Sauve-moi !

— Mais jé né souis pas magicienne, Carrroline, jé né pé rien fairrre.

Après un long silence, les yeux dans le vague, maman avait fini par dire :

— Je ne veux pas en parler avec les filles. Je ne veux pas qu'elles sachent que j'ai su. Je ne veux pas qu'elles aient du chagrin. Tu seras la grand-mère brésilienne. Jure-moi que tu ne les abandonneras jamais ; ni les filles, ni leurs enfants.

Elles ont pleuré, enlacées dans le lit rikiki entre les perfusions, la poche d'urine et les tuyaux en tout genre.

Nous sommes arrivées Julia et moi avec presque une demi-heure de retard à l'église Saint-Roch, l'église des artistes. La messe d'hommage pour grand-papa s'y était déroulée vingt ans plus tôt, celle de Mimi en 2007. C'était la paroisse de mon quartier, celle dont dépendait l'école de Balthazar, celle où la majeure partie des grands comédiens, musiciens, et autres saltimbanques, venaient terminer leur voyage. Emboîtées l'une dans l'autre, les doigts entrelacés, le chagrin en commun et notre maman à l'arrière comme un meuble, une grosse valise ! Il neigeait ce 2 février. Paris était blanc et brillait de mille feux pour que l'on se souvienne d'elle.

Notre père grelottait devant les marches de l'église, les flocons qui parsemaient sa chevelure et son air défait le vieillissaient. Il attendait ses orphelines, en chevalier, les bras ouverts, mais le regard vide. C'était horriblement triste, mais l'image était belle.

Une femme de notre famille l'apostropha au moment où nous sortions du fourgon funéraire. Elle voulait lui présenter une amie, l'épouse d'un ministre, charmante au demeurant, mais ce n'était pas le lieu, ni l'instant idéal pour faire des mondanités. Papa, surpris par l'incongruité de cette approche, fit un geste bref de la main, invitant l'indélicate à stopper net son introduction et vint nous accueillir tendrement.

Nous montâmes les marches de pierre blanche de cette maison de Dieu qui devait être le dernier toit de maman avant les sous-sols terreux de Montparnasse. Tous les trois, englués, scotchés.

La chapelle du fond était comble. Cela me gonfla de courage et de fierté. Je souriais aux visages compatissants, embrassais les joues qui s'offraient, serrais les mains chaudes et réconfortantes, me laissais étreindre.

L'aumônier des artistes, le père Desgens qui a été extraordinaire de compréhension et de modernisme, nous donna les dernières indications pour le bon déroulement de la cérémonie. J'interpellai mon oncle Thomas, que je connaissais finalement assez mal. Il était assis au premier rang avec sa femme, Milla.

— Tu n'es pas obligé d'accepter, mais papa, Simon et Marcus sont à l'entrée, ils se préparent à porter le cercueil. Je suis certaine qu'elle serait heureuse que son frère se joigne à eux.

Avant que je n'aie terminé ma phrase, il s'exécuta timidement.

Lorsque « *Let the Sunshine In* » chanté a cappella par un gospel résonna dans l'enceinte de l'église et que ces quatre hommes firent leur entrée, maman sur leurs épaules, l'émotion me submergea.

Nous avions fait disposer d'immenses bouquets de mimosa sur l'estrade qui embaumaient de leur parfum ensoleillé toute la chapelle Saint-Roch. Thomas avait tenu à offrir une composition splendide. Elle représentait un rideau de théâtre entrouvert de roses rouges, au milieu duquel régnait un magistral « C » de roses blanches, le tout parsemé de feuillage vert.

Le prêtre nous ayant donné carte blanche, des notes de piano démarrèrent dans un calme olympien et le mari de ma grande amie Martha entonna doucement les premières paroles de « Chère amie… ». Maman avait toujours été un peu midinette face à mon pote chanteur. Il avait dû le percevoir, et délicatement m'avait proposé de lui rendre cet hommage poétique. Le temps n'existait plus, la puissance du morceau condensé avec la ferveur silencieuse emportait l'instant présent. Nous étions suspendus, collés au plafond comme des âmes réunies. Georges lut son hommage, la voix brisée. Lisbeth, émue, fit de même. Julia, Simon et moi avions également écrit une révérence d'amour. La mienne était un sketch hommage, pas une simple prière. Je voulais que son dernier public lui décoche un sourire plus qu'une larme. Elle était si drôle.

Un jeune musicien que nous avions trouvé en quatrième vitesse entama un extraordinaire solo de guitare, imposant de sa voix pure une magie inexplicable. Il médusa l'assistance. L'« *Hallelujah* » de Jeff Buckley vibrait. La chapelle était muette, frissonnante. Maman méritait un enterrement de princesse. Elle l'avait !

L'auditoire était en communion. Il y avait ses amies d'enfance, Lisbeth, Véro, Frédérique ma marraine. Paola la belle Italienne, Dodo, Georges et Mona, Erwan et Oliver. Annabelle accompagnée de ses enfants. Jacqueline la maman remplaçante. Il y avait ses amis du Ferret, du chalet de Villars, ceux du Sénégal, de la broc, des marchés du livre, de la maison des oliviers. Les amis du rugby, du Minervois, de Toulon. Les amies des croyances ubuesques. Il y avait également M. Serror, son vieux directeur d'école qui ne se remettait pas de lui survivre. L'éclectisme de ce public qui avait choisi d'être là parlait pour elle. Aristocrates, garagiste, grands bourgeois, concierges, provinciaux, acteurs, boulanger, musiciens, notaire, amours de jeunesse. Et nos amis à nous, ses filles, au grand complet, venus si nombreux.

Le gospel a démarré lentement une chanson de William Sheller qui nous semblait avoir été écrite pour elle.

Maman est folle,
On n'y peut rien,
Mais c'qui nous console
C'est qu'elle nous aime bien.

Quand elle s'envole
On lui tient la main
Comme un ballon frivole
Au gré du vent qui vient.

Taisez-vous les filles (on avait échangé avec Léopold !)
Surtout, ne dites rien
Les gens dans leur cache-col
N'y comprendraient rien.

Quand maman rigole
On oublie qu'on a faim
Que c'est l'heure de l'école
Qu'on a peur des voisins.

Elle est notre idole
On en a le cœur plein
Faut pas qu'on nous la vole
Ou qu'on l'emmène au loin…

Et moi, est-ce que je suis folle ? me demandais-je silencieusement.

Nous sommes sortis avec l'air de « *Happy Days* » en tête, la peine au cœur, mais le sourire aux lèvres.

Une dame s'est approchée de papa.

— Excusez-moi, vous êtes le père de Zélie et Julia ?

— Oui.

— Pourriez-vous leur remettre cette lettre s'il vous plaît ?

La rue Saint-Honoré brûlait d'onirisme, on aurait pu y croiser des amoureux de Peney.

— Qui prend le petit bus pour Montparnasse ?

Je garderai longtemps en mémoire l'image fixe de ce cimetière majestueux. Une carte postale du début du siècle. Le contraste du manteau neigeux et des mille couleurs de fleurs disposées sur la pierre tombale était éblouissant, presque artificiel. Nous avons attendu un vieil ami de maman saxophoniste qui aurait dû « jazzer » pendant que le cercueil s'enfonçait dans le trou noir. Il n'est jamais arrivé. Le pauvre a glissé en chemin sur une plaque de glace !

J'avais invité tout ce monde à trinquer une dernière fois à la mémoire de Caroline. Il était impensable de terminer cette journée sans se réunir pour elle dans la joie. Ils sont presque tous venus. Le traiteur italien qu'elle adorait se faufilait entre les dos, un risotto dans la main droite et un Serrano dans la gauche. Un fond musical se promenait au-dessus des têtes, les gens se parlaient avec douceur, souriaient. Chacun y allait de son témoignage, de son anecdote sur la femme si marquante qu'avait été ma mère. C'était presque enivrant… On aurait pu l'apercevoir, cigarette à la main, tête en arrière, avec sa crinière châtain clair et son sourire éclatant, hurler de rire pour qu'on la remarque.

Papa s'approcha de moi :

— Une bonne femme m'a donné ça en sortant de l'église, en me demandant si j'étais votre père !

Sur l'enveloppe on pouvait lire : « Pour Zélie et Julia de la part de Françoise ».

Purée, c'est la folle qui se prend pour une extraterrestre qui revient ! me dis-je immédiatement. Je déposai le courrier sur un meuble. Je lirais, ce que je considérais déjà comme un torchon, plus tard.

La dernière personne partie vers 21 heures, nous restâmes en famille, affalés sur les canapés, vidés, mais presque heureux de cette journée si triste.

— Julia, donne-moi le papier qui traîne sur le buffet chinois.

Je parcourus la lettre avec effroi. « J'aimais beaucoup Caroline, mais elle me fatiguait, elle me poursuivait, m'étouffait. J'ai essayé de lui expliquer que… Je n'en pouvais plus d'elle… votre mère pensait mal… c'était une malade… elle m'a épuisée… j'ai tout fait pour qu'elle comprenne que… » Une décharge de lâcheté, un lynchage contre la femme qu'elle avait embrigadée et influencée pendant des mois. « Je suis désolée, mais je n'ai rien pu faire, votre mère était trop négative, trop agressive… appelez-moi… »

Bref, cette dingue qui avait en partie manipulé l'âme fragile de notre maman osait nous écrire pour rajouter une bassine de merde à notre peine et se déculpabiliser de sa responsabilité évidente. En traduction, maman avait presque mérité de mourir !

— Jette cette saloperie dans la cheminée tout de suite, chérie, me dit mon père qui pourtant n'a aucune croyance, il ne faut ni garder ni relire ces mots-là, ils sont néfastes. C'est une cinglée ; il est évident qu'elle se justifie parce qu'elle a des choses à se reprocher. Ne répondez surtout pas, ces gens-là s'accrochent aux faibles comme les tiques aux chiens et leur pompent le sang.

Maman est morte, on n'y peut rien… On n'a plus qu'à faire marcher notre mémoire en boucle pour retrouver un peu de ce goût pimenté qui nous brûlait souvent, mais que nous aimions tant.

Terminé les gratte-dos au restaurant, affalées sur une banquette, devant un serveur stupéfait. Terminé, les fous rires lorsqu'elle massait la bosse de bison de mon metteur en scène qu'elle venait à peine de rencontrer. Terminé, les diatribes hilarantes sur sa conversation lunaire avec un dromadaire. Maman est morte, elle ne reviendra plus nous aimer, elle ne reviendra plus nous faire chier. Elle ne cherchera plus à me piquer pour que la vie lui rende un peu de reconnaissance, un peu de confiance. Pourquoi m'a-t-elle fait porter si longtemps ses peines et ses regrets ? Pourquoi à moi ? Son enfant, sa petite fille, sa destinée ? Je plie sous le poids de la culpabilité. Je n'avais qu'à ne pas être cette fille-là. Je pouvais bien payer un peu pour qu'elle se sente mieux. Jamais elle n'a compris que depuis l'adolescence, je m'étais battue certes pour ne pas souffrir, mais surtout pour ne pas reproduire ce schéma dramatique que les femmes de mon sang ont traîné comme une plaie béante depuis leur enfance. J'ai si souvent eu peur pour elle, comme elle pour ma grand-mère, que les confrontations se sont installées, naturellement, comme un service naturel que je lui rendais pour l'alerter, la protéger. Son acuité extraordinaire sur le monde, son sens de l'hospitalité, de la communication, n'ont pas annihilé ses névroses. Maman était double. Divine et diabolique. Ce sentiment de persécution qu'elle ressentait et entretenait nous a séparées ou plutôt nous a empêchées d'accepter nos différences. J'aurais tant aimé partir en week-end avec elle, être son amie, sa confidente, sa conseillère, sa fille chérie, adorée, merveilleuse. J'aurais tant aimé l'aider à trouver son chemin. Je n'ai pu que la regarder se perdre doucement… Peut-être l'a-t-elle trouvé, ce chemin ? Et si c'était moi qui en demandais trop ?

Julia m'a dit avoir éprouvé un soulagement. « On va vivre, ma Zélie, on va vivre, nous, on ne se quittera jamais, on se dira tout, on jouera tous les rôles, l'une pour l'autre… » Nous étions d'accord sur le fait que maman avait pris beaucoup de place dans nos existences, et pour cause, mais pas toujours la bonne. Julia était fatiguée d'avoir joué la nurse pendant des années avec Mimi et Caroline. Elle a longtemps pensé que la vie avait été injuste avec elles et qu'au moins nous avions été là pour les soutenir, être un peu leur caramel. Leur fonctionnement était un paradoxe. Comme tous les névrosés, elles donnaient énormément d'amour et de tyrannie. Il nous fallait passer par un petit enfer pour récolter des bonbons. Ma sœur m'a dit s'être sentie assez forte pour supporter les souffrances imposées par le cancer car maman devait jongler terriblement plus que nous. On en revient toujours à cette culpabilité qui est la tragédie de notre vie. Julia s'en veut d'avoir, un soir de larmes, pu imaginer que la seule façon que nous soyons heureuses fût que notre mère meure. « Je ne supporte plus d'être tenue en laisse. » Elle s'en veut de s'être autorisé l'idée d'être un jour libérée d'elle. Quand Caroline est tombée malade, elle s'est imaginée que c'était la faute de ses mauvaises pensées. La trouver agonisante comme une souris décharnée a tout fait basculer ; surtout qu'elle ne meure pas… Un peu comme si… Si maman arrivait à passer cette épreuve, nos rapports ne seraient plus jamais conflictuels, comme si nous pouvions redevenir les fameux trois petits chats. « Nous sommes de bonnes filles, il nous a fallu devenir indépendantes vite pour se permettre d'avoir une mère pareille, nous sommes plus costauds que d'autres maintenant. Nous avons été au bout de la trajectoire, Zélie, avons donné le maximum, mais nous ne pouvons pas refaire l'histoire. C'est la sienne. » Aujourd'hui, Julia est devenue encore plus allergique aux conflits et aux drames, elle a toujours un vieux Lexomil au fond de son sac au cas où réapparaîtrait un fantôme en colère. Maman ne lui manque pas tant que ça, elle parle souvent d'elle à sa fille, pour que sa présence existe et prenne une place positive. Elle l'aime dans les bons souvenirs, les beaux, de loin.

— Maman, maman, tu me regardes faire le poirier ? Maman, regarde-moi s'il te plaît, j'arrive à rester quatre secondes à l'envers, et sans respirer.

— Oui ma chérie.

Caroline était attablée avec un homme, devant la piscine publique de Boulogne-Billancourt. Nous batifolions dans l'eau Julia et moi. J'avais douze ans. Lorsque je me suis relevée de mon exploit, fière, en attente de la gratitude que j'espérais, maman embrassait cet homme sur la bouche. J'ai ressenti un vide, et ai pensé que je ne devais pas être assez importante, assez intéressante, assez intelligente, assez aimable, pour que ma mère me méprise à ce point. Cet épisode anodin pour elle a probablement déclenché mon sale manque de confiance en moi et la reconnaissance après laquelle j'ai couru depuis.

J'ai essayé de me sortir de cette obsession. J'ai tenté de me rassurer avec l'aide de la belle Madame C : « On ne peut pas aider un unijambiste en devenant cul-de-jatte, prenez la pente de face, comme au ski » et du docteur Z : « Acceptez que c'est du lourd et que vous êtes une sacrée bonne femme. » Je me bats encore aujourd'hui contre ces lourds fantômes. Sept bonnes grosses années de thérapie analytique, comportementale et cognitive, n'ont pas eu raison de mes questionnements. Je pense encore que je suis une imposture, et plus que jamais, une petite fille coupable. Une petite fille qui mérite de souffrir, qui a raté le coche. Les épreuves que la vie m'impose me ramènent inexorablement aux fautes, aux erreurs que j'ai dû commettre. Je ne règle pas de compte, je ne cherche pas à me positionner comme une victime. J'aimais ma mère plus que tout, j'ai cherché sa bénédiction longtemps, son soutien, son approbation. J'ai essayé de la cerner, de la défendre, de la prendre telle qu'elle était fabriquée. J'ai ressenti un besoin féroce de témoigner de mes incompréhensions face à la personne qui aurait dû être mon âme sœur de chaque seconde. Ma conception de l'équation mère-enfant étant que la matrice, le ventre, le sein, celle qui vous a voulu, fabriqué, torché, nourri, devrait être la personne à qui l'on peut tout dire, tout demander. La femme qui acceptera, qui écoutera, qui vous défendra coûte que coûte, qui vous aimera toujours et toujours plus. L'inconditionnelle.

J'essaye de dénouer ces nœuds qui m'appartiennent pour avancer, et rencontrer la sérénité, la sagesse qui me délivrera. Il est certain que je n'ai jamais eu la pudeur des mots, je pourrais discuter avec un bouquetin sur le mont Blanc en pleine tempête alors que je fais un AVC. Je prône la communication avec autrui, comme étant le secret d'une vie riche spirituellement et heureuse affectivement. Parlez-vous, et écoutez-vous, faites-vous du bien les uns les autres et le monde tournera plus rond. Mes proches sont, je crois, avides de mes conseils, de mes avis de psychologue de comptoir. J'ai une pédagogie à toute épreuve pour régler les dysfonctionnements de l'être humain. J'aime rassembler, présenter, vanter les talents de ceux que j'aime, que j'admire. J'aime partager mes amis. Je pense que l'altruisme enrichit positivement le narcissisme de chacun, mais est également une base pour s'approcher doucement de la plénitude. Mais je n'ai pas su résoudre les guerres qui m'opposaient à ma mère. Alors… je serai un peu malade pour le restant de mes jours.

— Vous n'êtes pas Dieu, vous ne pouvez pas tout dénouer, tout résoudre, m'avait dit le docteur Z.

L'été qui a suivi le décès de maman, je suis allée dans le Sud avec Julia, papa et quelques amis commencer à retaper sa vieille baraque. J'ai croisé un homme dans le village qui m'a interpellée avec un accent chantant.

— Que tu ressembles à ta mère, c'est fou !

— Pardon monsieur ?

— Tu es la fille de Caroline ? Je suis Gillou, je te connais, je suis venu te voir plusieurs fois au théâtre à Paris. Je suis le boulanger du village.

— Ah bon ! Mais pourquoi je ne vous ai jamais rencontré ?

— C'était tout ta mère ça ! Elle ne voulait pas mélanger, mais elle découpait les photos de toi dans les journaux. Elle parlait de toi tout le temps. Mon Dieu ce qu'elle a pu nous bassiner avec sa Zélie ! Ah ! Pour t'aimer, elle t'aimait…

— …Vous la fréquentiez depuis longtemps ?

— Caroline ? Elle est drôle ta question. Vingt ans que c'était ma meilleure amie !

Caroline la secrète, la mystérieuse, ma petite maman à moi.

Pendant ces premières vacances, je me remémorai les montagnes soulevées avec l'aide de mon père pour vider ses locations parisienne et varoise ainsi que sa maison du Sud, pour vendre l'appartement dont elle était propriétaire, impôts de succession obligent, et rembourser ses dettes fiscales et amicales. J'avais déployé une énergie quasi martienne pour nettoyer au sens propre et figuré l'héritage que nous laissait maman. Elle qui n'avait vécu que « d'héritages » justement et nous léguait sa négligence. Et, je suis tombée enceinte. C'était la vie après la mort, le jour après la nuit. Après trois mois et demi de grossesse, le petit cœur qui battait tant pour moi s'est arrêté. Je suis partie au Maroc chez Martha et Mary attendre, sous les conseils d'un gynécologue vieille France, soi-disant extraordinaire, que la nature fasse son travail. Trois longues semaines, avec la mort dans le ventre. Elle ne fait pas toujours bien les choses, cette belle nature. Je me suis retrouvée à 19 heures, sortant de chez le docteur Z, un soir de décembre, dans la pénombre des Champs-Élysées avec un pantalon ensanglanté jusqu'aux pieds. Je ne pouvais même pas prendre un taxi, le métro. Je perdais cet enfant qui bouchait le trou béant qu'avait laissé ma mère en mourant. Je faisais une hémorragie, comme elle. Ma grande copine, Lulu, qui travaillait dans le coin, m'a déposée chez Arry, l'obstétricien merveilleux qui m'avait accouchée de Balthazar et que j'avais délaissé bêtement. Il a rouvert son cabinet en urgence et m'a hospitalisée le soir même. Le lendemain matin, après le curetage, n'ayant pas le droit de me lever pendant quelques heures, j'ai demandé à Simon de me donner ma brosse à cheveux et j'ai tendu les bras vers la salle de bains où celle-ci se trouvait. À ce moment précis, dans ma chemise médicale en papier bleu, je me suis vue à la place de ma mère. Elle avait elle aussi tendu ses bras décharnés pendant deux mois et demi, pour une crème, un châle, un baiser. Un court-circuit s'est produit dans ma tête, et je me suis cassé la gueule dans une dépression. Je n'avais pas fait mon deuil. J'avais en quelque sorte omis, mal évalué, le poids de son absence. Je n'avais besoin que d'une chose, qu'elle me prenne dans ses bras.

Je pense sans cesse à une photo en noir et blanc. Maman a trois ans et la coupe de cheveux de Mireille Mathieu. C'est l'hiver, elle est assise sur un tronc d'arbre au milieu des montagnes suisses. Son regard immense est coquin et confiant. Il lui bouffe la trogne, et un sourire emprunté à la Joconde lui donne l'air le plus apaisé du monde. Elle est insouciante, épanouie, heureuse. Elle ne sait pas encore…

C'était le bon temps. Les dieux n'étaient pas vaches en 1953…

Remerciements

Merci à Maureen et papa qui m'ont encouragée dans cette écriture. Merci à Anne-Sophie Stefanini et à Laurent Laffont qui ont cru en moi. Et à Julia Nannicelli pour son œil alerte. Et merci aussi à :

Julie, Chloé, Fred, Marie-Jane, Lucia, Nicolas, Marina, Richard, Barbara, Zoé, Arthur, Claude, Mathilde, Niloufar, Sarah, Tana, Sophie, Pétra, Lili, Nathalie, Babou, Marie et Marie, Guillaume, Marc, Vanessa, Hariet, Aimée, Philou, Juliette, Alain, Stefania, Bino, Dodo, Catherine, Zonzon, Françoise, Pierre, François, Anne, Tania, Anouk, Martin, J.-M., Bruno, José, Charles, Bernadette, Marie-Claude, Fabienne, Jean-Marc, Sandrine, Binta, Bouba, Monira, Lolotte, Paul, Malka, Philou D., Laurent L. et Laurent P., Emma, Lionel, Évelyne, Maurice, Babeth, Frédérique, Véronique, Nicolas N., David, Caroline, Christian, Fédérica, Sylvie, Diane, Christian Z., Christiane, Claire, Claude F., Coco, Serge, Billy, Anne, Brigitte, Colette, Catherine R., Agnès D., Dominique, Jérôme, Thomas, et Thomas D., Manu, Delphine, Marie-Laure, Francis, Jean, Gwenola, Mélanie, Julien, Karine, Laurent D.,

Lorànt, Marie-Julie, Marie-Caroline, Marie-France, Sabine, Thierry, Olivier, Patoune, Tali, et d'autres…

… pour vos yeux bienveillants, vos oreilles bien ouvertes, vos bras si chaleureux, votre amour qui me remplit tant. Sans vous, je n'aurais pas été bien grande dans cette affaire !

CET OUVRAGE A ÉTÉ COMPOSÉ
PAR FACOMPO À LISIEUX
ET ACHEVÉ D'IMPRIMER SUR ROTO-PAGE
PAR L'IMPRIMERIE FLOCH À MAYENNE
POUR LE COMPTE DES ÉDITIONS LATTÈS
17, RUE JACOB, 75006 PARIS
EN FÉVRIER 2014

PAPIER À BASE DE FIBRES CERTIFIÉES

JC Lattès s'engage pour l'environnement en réduisant l'empreinte carbone de ses livres. Celle de cet exemplaire est de :
0,900 kg éq. CO_2
Rendez-vous sur www.jclattes-durable.fr

N° d'édition : 01 – N° d'impression : 86315
Dépôt légal : mars 2014
Imprimé en France